1. Auflage 2015 |2

Postfach 101301, 99803 Eisenach
eMail: verlag@macholdt.de
www.verlag.macholdt.de

Auto: Otto Kurt Dieter Hesse
Titelbild: Aniko Dahlke
Fotograf: Klaus-Dieter Lehmann
Collage zeigt Schloss Reinhardsbrunn

ISBN 978-3-946031-01-7

Otto Kurt Dieter Hesse

Zwei Särge für Schloss Reinhardsbrunn

Ein historischer Krimi aus dem 18. Jahrhundert

INHALTSVERZEICHNIS

PERSONEN
in der Reihenfolge ihres Auftretens

Tobias von Wenzel, *Leutnant im 1. Leib-Husaren-Regiment*

Andreas Cothenius, *Leibarzt Friedrich des Großen und Leiter des Heeressanitätswesens*

Zita, *Frau aus den Bergen*

Fürst Heinrich von Fondi, *Herr des Majoratslehens Mansfeld*

Joachim von Ziethen, *(1699-1786) preußischer Reitergeneral*

Johannes, *Faktotum im Schloss Reinhardsbrunn*

Luise, *Wirtschafterin im Hause Fondi*

Doktor Andreas Fritz, *Leibarzt des Fürsten Heinrich von Fondi*

Ernst II., *Herzog von Sachsen-Gotha-Altenburg*

Adam Weißhaupt, *Gründer des Illuminatenordens, Geheimbund*

Karl Anton von Bila, *Major der Braunschweiger Husaren, Herr auf Wöbelsburg*

Fähnrich Morgenstern, Leutnant Hanson und Leutnant Effinger, *Offiziere der Braunschweiger Husaren*

Gertrud, *Schenkmagd auf der Wöbelsburg, Inkarnation der Zita*

Elisabeth, *Ehefrau des Fürsten Josef von Fondi und nunmehr Nonne im Kloster Marienstern*

Isabella von Czernin, *Tochter des verstorbenen Fürsten aus 2. Ehe*

Clemens Wenzeslaus, *sächsischer Herzog, Bischof, später Erzbischof von Trier*

Fürst Josef von Fondi, *Sohn des Fürsten Heinrich von Fondi*

Anselm, *Jäger und zu bestimmten Zeiten ein Mönch*

Hermann Orphal, *Zöllner Herzog Ernsts und Bewohner der Heuberghütte am Rennsteig*

Wilhelm von Zinnendorf, *Militärarzt, Ordensmeister des Großen Ordenskapitel „Indissolubilis"*

Amalia von Preußen, *Schwester Friedrich des Großen, Äbtissin des Damenstifts Quedlinburg, Freundin des Freiherrn von Trenck*

Wittrich, *letzter Scharfrichter in Weimar*

1. KAPITEL

Ein seltsamer Auftrag

Neujahr 1780

Den vierten Tag war ich, der vierundzwanzigjährige Leutnant Tobias von Wenzel, bereits in diesen stürmischen Wintertagen unterwegs. Und wer da denkt, dass ich als Soldat seiner Majestät des preußischen Königs auf dem Weg zu einem Truppenteil sei, der irrte sich gewaltig. Trotzdem folgte ich dem Befehl eines einflussreichen Generals unseres Heeres.

Es war gar nicht so einfach gewesen in dieser Jahreszeit, einen Tag nach der ereignisreichsten Silvesternacht meines bisherigen Lebens, eine Reisegelegenheit zu bekommen. Aber für meinen Freund, den Generalfeldstabsarzt Andreas Cothenius, gab es kein Unmöglich. Na ja, er musste auch etwas tun, denn schließlich war er nicht ganz unschuldig daran, dass ich in dieser unwirtlichen Reisezeit, statt in einem warmen Bett, neben einer hübschen Frau zu liegen, mir hier die Gliedmaßen erfror. In Ordnung, ich gebe zu, dass ich übertreibe. Aber mir war es saukalt und das alles wegen eines ominösen Briefes aus dem Hause Fondi.

Der erste Tag des neuen Jahres begann gerade zu dämmern, da saß ich bereits in einer Postkutsche nach Erfurt. Dort würde für mich ein Pferdeschlitten bereit stehen, der mich in die Berge des Thüringer Waldes bringen soll. Ich kannte diese Berge. Bis zu meinem 16. Lebensjahr war ich in ihnen zu Hause. Damals, es war auch ein klirrend kalter Wintertag, obwohl eine strahlende Sonne vom azurblauen Himmel auf die Eichsfelder Pforte hinunter schien. Natürlich hatte ich mich gegen die eisigen Temperaturen geschützt. Eine von Großmama Maria Anna gestrickte Wollmütze hatte ich weit über die Ohren gezogen. Die Fäustlinge sind dick gefüttert und mein Wams stammt noch aus der Försterzeit meines Großvaters Konrad.

Nein, ich musste keine alten abgetragenen Sachen tragen. Aber diesen grünen Rock, den liebte ich über alles. Und Mutter Pauline gab sich Jahr für Jahr große Mühe, um das Schmuckstück immer wieder neu erscheinen zu lassen. Allerdings passte er mir erst seit diesem Jahr so richtig. Womit ich sagen will, ich bin im letzten Jahr sehr gewachsen. Richtige breite Schultern hatte ich bekommen. Vater Wilhelm spricht immer von seinem Kraftprotzen. Irgendwie hat er auch Recht. Ich fühle mich stark. Mir macht das winterliche Wetter nichts aus.

Deshalb hatte ich mich auch am Morgen auf den Weg gemacht und bin hierher auf den „Immenichter Pferdestall“ geklettert. Sie wissen nicht was der „Immenichter Pferdestall“ ist?

Es handelt sich um eine Felsenklippe mit einer kleinen Höhle. Sie ist etwa vier Schritt tief und sechs Schritte breit. Immerhin hat sie eine stattliche Höhe von zwei Manneslängen.

Die Altvorderen erzählen, hier habe einst der Räuber Immenicht seine Pferde untergestellt. Außer dieser Mär ist davon nichts zu sehen. Für mich ist dieser Platz aber besonders schön, weil man von hier oben bis hinunter in die Goldene Aue blicken kann und im Norden die dunklen Schatten der Worbiser Berge sieht.

Direkt vor meinen Füßen, im Tal, schlängelte sich die Wipper durch die Wiesen und Felder. Was heißt schlängelte? Lediglich ein ganz schmaler Spalt, in der Mitte des Flusses war noch nicht zu gefroren. Ansonsten reichte bläulich schimmerndes Eis bis an beide Ufer. Die Zweige der Weiden trugen statt Laub weiße Kristalle und wurden von deren Gewicht fast bis zum Boden gedrückt. Es war ein erhabenes Bild.

Eine dicke weiße Schneedecke hüllte das weite Land in ein Tuch der absoluten Ruhe und Gleichmäßigkeit. Es schläft und ist doch wach. Wenn man sich Zeit nahm, konnte man beobachten, wie es unter diesem Tuch hinaus drängte. Winzige grüne Schösslinge zeigten sich an geschützten Stellen. Dort, wo Wildschweine den Schnee weg gescharrt hatten, warteten unter dem trockenen Laub erste Grashalme auf den wärmenden Regen des Frühjahrs.

Noch steigen unten im Tal aus den Schornsteinen der Häuser der beiden Dörfer Wülfingerode und Sollstedt weiße Rauchfahnen kerzengerade in die Höhe. Und von zahlreichen Höfen hallen Axtschläge bis zu mir hoch. Sie erzählten davon, dass der Winter schon lange dauerte und die Vorräte an Heizmaterial sich dem Ende neigten.
Von der wieder einmal umgebauten St. Elisabeth Kirche in Wülfingerode begann gerade die Osannaglocke die Gläubigen zum Gottesdienst zu rufen. Vater Wilhelm und Mutter werden wohl schon auf den Weg zur Kirche gewesen sein. Auf mich muss Pastor Caesar wieder einmal verzichten. Aber das ist er eigentlich gewohnt. Bin ich, Tobias, deshalb eigentlich ein schlechterer Christ?

Der Pastor versuchte es mir immer wieder einzureden. Aber Großvater Konrad war da anderer Meinung. Ende des vergangenen Jahres war er mit mir hier oben. Wir waren allein. Was hier selten war, es wehte nicht das kleinste Lüftchen, trotzdem hingen über dem Berg dicke schwarze Wolken. Großvater breitete seine Arme aus und rief, „das ist meine Kirche. Hier unter seinem Himmel spricht der Herr zu mir. Jungen merk dir meine Worte, egal wo du bist, wenn du glaubst, ist Gott bei dir, vor allem dann, wenn du ihn brauchst.“

Nun wurde mir doch etwas komisch zu Mute. Dort, wo sonst mein Magen täglich nach ausreichendem Essen verlangte, ist heute alles hohl und zog sich eigenartig zusammen. Es mag wohl daran gelegen haben, dass ich auf diesen Blick in mein Heimattal in den nächsten Jahren verzichten musste. Als ich beim Frühstück gesagt habe, ich steige hier rauf, um mich von diesem Land zu verabschieden, hoffte ich, mich würde jemand begleiten.

Damals saß ich oben, auf dem vom Wind blank geputzten Felsen und schaute ins Tal. Meine Heimat, ich liebte jedes Stückchen Erde, aber ich freute mich auch auf Berlin und warum sollte das Soldatenleben so schlecht sein. Acht Jahre sind seitdem vergangen und nun sollte ich meine Thüringer Heimat wieder sehen.

Viel Gepäck hatte ich nicht bei mir, als ich meine Kutsche in Berlin-Dahlem bestieg. Mein kleines Bündel enthielt eine schmale silberne Kette mit einem Tannenzapfen als Anhänger und warme Wäsche zum Wechseln. An diesen Wintertagen nutzten nur Passagiere die Postkutsche ins Thüringische, die ihre Reise nicht verschieben konnten. In meiner Kutsche nahmen neben mir zwei Dragoner-Offiziere und ein Kaufmann ihre Plätze ein. Ein Gespräch kam nicht zustande, und ich verschlief die meiste Zeit der Fahrt bis kurz vor Leipzig. Hier stiegen meine bisherigen Reisegefährten aus und Neue zu.

Darunter ein älterer korpulenter Herr, der sich ständig, trotz der extrem niedrigen Temperaturen die schweißnasse Stirn mit einem großen karierten Tuch wischte. Er nahm links von mir Platz. Ihm gegenüber schob eine ältere Bauersfrau einen geflochtenen Weidekorb, aus dem das wütende Gegackere mehrerer geschundener Hühner klang, zwischen die Bankreihen.

Auf den Platz mir gegenüber setzte sich eine junge Dame, die sich sofort hinter einem Buch verschanzte.

Lesen kann sie also, dachte ich. Die Dame trug einen derben grünen Lodenrock, eine weiße Leinenbluse und hatte eine hohe Pelzkappe auf, unter welcher sie ihr Haar verbarg. Sie mochte Mitte der zwanzig Jahre sein und war auffallend hübsch. Dies schien nicht nur mir aufgefallen zu sein. Der Dicke, der seine Beine weit auseinanderstellen musste, weil die Bauersfrau ihren Hühnerkorb mit ihren kräftigen Unterschenkeln vor dem Rutschen bewahren wollte, versuchte die Situation auszunutzen und strich ständig mit seinem rechten Fuß an der seidenbestrumpften Wade der jungen Frau entlang.

Ich konnte nicht umhin, die schlanken Fußfesseln meines Gegenübers zu bewundern, die in reizvolle, formvollendete Waden übergingen. Leider verhinderte der knielange Rock weitere Einblicke. Plötzlich spürte ich, wie mich eisblaue Augen über den Rand des Buches spöttisch anblickten. Das hatte ungeahnte Folgen. Arme und Beine überzogen sich mit einer Gänsehaut und gleichzeitig spürte ich, wie mein Kopf binnen weniger Sekunden einer überreifen Erdbeere glich. Verlegen wandte ich meinen Kopf dem Fenster in der Kutschentür zu. Bemerkte allerdings noch, dass die junge Frau inzwischen über ihr ganzes Gesicht schmunzelte.

Sie macht sich lustig über dich, dachte ich. Ich beherrschte den Umgang mit Pferden besser, als den mit dem weiblichen Geschlecht. Wie sollte ich auch. Vor zwei Jahren von der Kadettenschule gekommen, kannte ich bisher lediglich den Garnisionsdienst an der Ostgrenze zu Litauen. Also flüchtete ich mich in die Landschaft. Angestrengt starrte ich aus dem Fenster, aber dort war außer endlosen, frisch verschneiten Feldern und Bäumen rechts und links der Straße nichts zu sehen. Da war schon das interessanter, was da unter dem spitzenbesetzten Rocksaum hervor lugte.

Aus den Augenwinkeln sah ich, wie die junge Frau ihr Buch aus der Hand legte und sich wohlig rekelte. Dabei zeichneten sich feste, runde Brüste deutlich unter der weißen Leinenbluse ab. Sie schien müde zu sein, denn sie hielt ihre eiskalten Augen fest geschlossen.

Mutiger geworden, betrachtete ich die junge Dame genauer. Sie hatte eine kleine Stupsnase, und unter beiden Wangen gaben zwei niedliche Grübchen dem Antlitz eine freche Note. Der Mund war einfach atemberaubend. Ihre herzförmige Oberlippe lag auf einer vollen Unterlippe, und nun blitzte auch eine kleine, rosige Zunge zwischen den Lippen auf und feuchtete sie an. Mir wurde mulmig. Meine enge, schwarze Uniformhose begann sich im Schritt zu spannen, auch das Übereinanderschlagen meiner Beine konnte die Schwellung nicht kaschieren. Als Rettung muss-

te mein Tschako mit der Totenkopfkokarde dienen, den ich mir auf den Schoss legte.
Vorsichtig hob ich meinen Kopf. Ich wollte prüfen, ob meine Mitfahrer von meinem Malheur etwas mitbekommen hatten. Was geschah? Ich schaute mitten hinein in zwei blitzende Eisaugen. Am liebsten hätte ich mich in ein Mauseloch verkrochen. Aber das ließ der süße Mund meines Gegenübers nicht zu.
Gott sei Dank. Jetzt blieb die Kutsche mit einem Ruck stehen, und der Postillion verkündete mir lauter Stimme: „Bad Kösen! Aussteigen bitte! Wir machen eine Stunde Pause! In der Poststation können Sie zu Mittag speisen!"
Der Erste, welcher dieser Aufforderung folgte, war ich. Rasch warf ich mir meinen pelzgefütterten Umhang über den Dolman und floh regelrecht aus der Kutsche. Ich stellte mich direkt neben die Pferdeknechte, die gerade das dampfende Vierergespann ausschirrten. Mein Interesse für den Gespannwechsel hielt sich in Grenzen. Vorsichtig hielt ich nach meiner schönen Mitfahrerin Ausschau, aber sie war bereits in der Poststation verschwunden. Erst jetzt wurde mir bewusst, wie lausig kalt es hier draußen war. Also entschloss ich mich auch, die Wärme des Kamins in der Poststation zu suchen. Kaum hatte ich den Gastraum betreten und den Schnee von den Stiefeln getreten, sah ich sie. Sie winkte in meine Richtung.
Sie meint mich, wie unter Zwang setzte ich mich langsam in ihre Richtung Bewegung.
„Komm zu mir. Ich habe dir einen Platz freigehalten."
Ihre Stimme klang heiser und wollte so gar nicht zu dem Bild passen, welches ich mir bisher von meiner Reisegefährtin gemacht hatte. Erst danach bemerkte ich, dass sie mich anredete, als wären wir schon ewig lange miteinander befreundet.
„Was trinkst du?"
Mir lief es kalt den Rücken hinunter, weil ich in diesem Augenblick an

meine außerordentlich schlecht bestückte Geldbörse dachte.
„Nichts, ich habe keinen Durst."
Diese Floskel musste einfach sein. Die wenigen Münzen, die ich noch mein Eigen nannte, benötigte ich heute Abend für Kost und Logis in Erfurt.
Belustigt schaute mich die Frau an.
„Ich weiß, dass du klamm bei Kasse bist. Ich lade dich ein."
Gerade wollte ich energisch widersprechen, doch in diesem Augenblick fixierten mich ihre eisblauen Augen. In meinem Kopf setzte das Denkvermögen aus und ich bemerkte nur ihre auffordernde Geste auf den freien Stuhl ihr gegenüber. Willenlos nahm ich auf den angebotenen Stuhl Platz.
„Man braut hier ein gutes Bier. Du trinkst doch Bier?"
Die junge Frau bestellte bei der Bedienung zwei Bier und eine Brotzeit, ohne meine Antwort abzuwarten. Dann wandte sie sich mir zu. Immer, wenn sie mich ansah, fühlte ich mich wie gelähmt. Fasziniert schaute ich auf den atemberaubenden Mund und lauschte jedem Ton, der ihnen entschlüpfte.
„Du willst zum Fürsten Fondi?"
Ich meinte mich verhört zu haben.
Woher weiß diese Frau von meinem Reiseziel? Das konnte nur sein, wenn die Frau meinen Auftrag kannte und der war geheim. Also wer hat da geplaudert? Damit nicht genug. Sie musste auch erfahren haben, dass der Fürst nicht in seinem heimatlichen Schloss, sondern als Gast des Herzogs Ernst II. von Gotha-Altenburg in Reinhardsbrunn weilte. Denn dahin war ich unterwegs.

Vor Überraschung bekam ich kein Wort heraus. Doch das schien meine hübsche Gastgeberin nicht zu stören. Ich aber machte nun einen Fehler, indem ich mich vom Anblick der lockenden Lippen löste und ihr in die Augen sah. Sie strahlten nicht mehr. Stattdessen bohrten sich zwei stahlblauen Lanzen in meinen Kopf und ich, der befehlsgewohnte preußische

Husarenoffizier stotterte fast hilflos: „Wer? Wer sind Sie? Woher? Woher wissen Sie von meinem Reiseziel?"

Die Augen der Frau ließen mich nicht mehr los und was noch schlimmer war, ich hatte das Gefühl gelähmt zu sein. Sogar das Denken fiel mir schwer. Dafür hallten, gleich Hammerschlägen auf einen eisernen Ambos, ihre Worte in meinen Ohren.

„Dort, wo unsere Reise hingeht, sind Berge und in den Bergen bin ich zu Hause. Man hat mich auserwählt, dir zur Seite zu stehen, wenn du mich brauchst. Man nennt mich Zita. Du musst dir nur mein Bild ins Gedächtnis rufen und ich werde bei dir sein. Nie wirst du mich vergessen, dafür werde ich sorgen."

Ehe ich fragen konnte, wer diejenigen seien, welche sie auserwählten, passierten gleichzeitig zwei Dinge. Meine Lähmung war weg und der Postillion gab das Signal zur Weiterfahrt.

* * *

Minuten später saß ich wieder in der Postkutsche nach Erfurt. Etwas war diesmal allerdings vollkommen anders als auf der Etappe von Leipzig nach Bad Kösen. Zita hatte beim Einsteigen darauf geachtet, dass der Dicke keine Möglichkeit mehr hatte, ihre Waden zu berühren. Sie schob ihre linke Wade zwischen meine Beine, und stellte den rechten Fuß auf die Schwelle der Kutschentür. Der dicke, schwitzende Mann hatte dieses Manöver sofort durchschaut und schnaubte verächtlich etwas von „Husarenliebchen" in seinen Bart, gab sich aber endgültig mit seiner Niederlage zufrieden.

Amüsiert verfolgte ich Zitas Schachzug, sollte aber einige Zeit später merken, dass diese Konstellation erneut zu meinen Ungunsten ausging. Denn die Hexe hatte nicht die Absicht, ihre Wade stillzuhalten. Hexe? Wie komme ich auf Hexe?

Ich kam nicht dazu dieser Frage, die da in meinem Kopf aufgegangen war, auf den Grund zu gehen, denn Zita begann nunmehr ihrerseits, mit dem seidenbestrumpften Bein an meiner Waden auf und ab zu streifen. Dabei verzichtete sie dieses Mal auf geschlossene Augen.
So blieb ihr auch nicht verborgen, dass ich erneut verzweifelt nach meinem Tschako angelte. Zufrieden schnurrend wie eine Katze setzte sie ihre Bemühungen den gesamten Weg bis nach Erfurt fort.

Die Kutsche fuhr schon seit Weimar am Ufer des Flusses Gera entlang. An den Ufern bildete sich dickes Eis, überzog das Buschwerk mit bizarren, weißen Kristallen und in den Auen waren die Tümpel mit einer Eisschicht überzogen. Wie drohende Finger ragte gebleichtes Astwerk in die Höhe. Ich fand dieses am Kutschenfenster vorbeigleitende Panorama mindestens genauso aufregend wie die Wärme, die von meinen Beinen aus den ganzen Körper hinaufkletterte. Ich konnte nicht einmal sagen, ob ich froh oder enttäuscht war, als die Kutsche auf dem Hof der großen Herberge „Zum alten Schwan“ am Wenigenmarkt in Erfurt hielt. Wir hatten unser heutiges Ziel erreicht, und damit endeten auch Zitas Streicheleinheiten. Ich fand es schade.

* * *

Weit über einhundert Jahre gab es das große Gasthaus bereits. Der Wirt war auf diese Tradition sichtlich stolz. Während ich und der Dicke von einem Knecht in Empfang genommen wurden, kümmerte sich der Wirt persönlich um Zita. Auch er erlag sofort dem Charme meiner Hexe, wie ich sie seit Bad Kösen in Gedanken nannte.
„Gnädige Frau die bestellten Gemächer stehen für sie bereit.“
Aha, dachte ich bei mir, meine Hexe hatte also ihre Zimmer vorbestellt. Vielleicht kannte er die junge Frau sogar. Ich werde ihn nachher danach fragen.
Unter vielen Verbeugungen geleitete der Wirt die Frau ins Haus. Der

Knecht verwies uns beide Männer in einen größeren Schlafsaal mit mehreren Betten.
„Sie bekommt ein Bett und mehrere Zimmer, wir dagegen erhalten mehrere Betten in einem Zimmer. Ach, ist die Welt ungerecht“, äußerte der Dicke neidisch.
Unser Schlafsaal besaß aber zumindest einen Vorteil. Zu jedem Bett gehörte ein verschließbarer Spind. Das gab es in anderen Herbergen sehr selten. Ich verstaute meine sieben Sachen, zog meinen Geldbeutel unter dem Dolman hervor und zählte die Münzen ab, die ich am heutigen Abend auszugeben gedachte.
Dann begab ich mich hinunter in die weitläufige Gaststube, die schon reichlich gefüllt war. Während ich nach einem freien Tisch Ausschau hielt, trat eines der Schankmädchen zu mir heran.
„Kommen Sie bitte mit mir mit. Für Sie ist ein Platz reserviert.“
Verwundert folgte ich dem Mädchen, um dann überrascht meiner Reisebekanntschaft gegenüberzustehen. Ohne Aufhebens zu machen, wies Zita auf den zweiten freien Stuhl am Tisch.
„Nimm Platz, mein hübscher Husar, sei heute mein Gast. Du würdest mir damit eine große Freude machen.“
Auch wenn ich gewollt hätte, ich hätte ihre Aufforderung nicht ablehnen können. Beim Anblick meines schönen Gegenübers wurden mir die Knie weich, und ich sank wortlos auf den angebotenen Stuhl. Natürlich versuchte mein Gehirn diese fatale Willenlosigkeit zu entschuldigen und gaukelte mir vor, dass ich die Einladung ja nur angenommen habe, weil ich etwas über Zitas Auftraggeber erfahren wollte. Aber auch diesmal sollte meine Neugier nicht befriedigt werden.
Zita hatte sich umgezogen. Statt der festen, derben Reisekleidung aus Lodenstoff trug sie ein wunderschönes weißes, knöchellanges Kleid, das eng unter der Brust gerafft war und in weiten Falten den Körper der jungen Frau umschmeichelte. Das Kleid hatte einen Ausschnitt, der mir

schier den Atem raubte. Normalerweise wurde das Kleid mit einer Kordel, die anstelle eines Bündchens oder Kragens am Hals eingearbeitet war, verschlossen. Darauf hatte Zita verzichtet. Rechts und links fielen die Kordelenden lose hinab und öffneten so einen großzügigen Ausschnitt, welcher Einblicke bis zu den Ansätzen der sanften Rundungen ihres schneeweißen Busens erlaubte. Zum Teil wurde dieser Einblick durch eine füllige Mähne rostroter Haare verdeckt, die in welligen Löckchen bis weit über die Schultern hinunter fielen. Diese wunderschönen Haare hatte Zita in der Kutsche unter einer Pelzkappe versteckt gehabt. Ich fand es gut, dass es in der Gaststube zu warm für eine Pelzkappe war.

Unser deftiges Abendessen verlief schweigsam. Wir hätten auch nicht gewusst, worüber wir reden sollten. Es wäre überhaupt fraglich gewesen, ob ich einen vollständigen Satz herausgebracht hätte. Lebendig waren nur unsere Augen. Keine Geste, keine Bewegung ließ ich mir entgehen. Wenn sie mit zwei Fingern die Hühnerkeule zum Munde führte, ihre vollen Lippen öffnete und sich ihre kleinen weißen Zähne in das zarte Fleisch gruben, während dabei die eisblauen Augen tief in meinen eigenen versanken, begann es in meinem Bauch zu kribbeln, und ein eiserner Ring, der sich um meine Brust gelegt hatte, drohte mir die Luft abzuschnüren.

Ich war diesem Gefühl wehrlos ausgeliefert, und ich wollte mich auch nicht wehren. Deshalb erschien es mir wie selbstverständlich, als Zita aufstand, mich an meine Hand nahm und mit mir den Gastraum verließ. Ohne zu zögern, fanden wir beide mit traumhafter Sicherheit die Stufen hinauf zu Zitas Räumen.

Kaum war die Tür hinter uns zugefallen, begann sie meinen Dolman aufzuknüpfen. Dabei entwickelte sie ein bemerkenswertes Geschick im Umgang mit den zahlreichen Knöpfen und Schnüren, als würde sie es nicht zum ersten Mal tun. Gerade widmete sie sich den Verschlüssen in der Taille meines Dolmans, da rutschte aus der inneren Futtertasche ein Kuvert heraus, welches seit Bad Kösen aus meinem Gedächtnis verschwunden war. Nun erinnerte es mich mit aller Macht daran, weshalb ich diese Reise angetreten hatte. Hastig griff ich nach dem Dokument, welches mir der Leibarzt Friedrich II. und Leiter des Heeressanitätswesens Andreas Cothenius anvertraut hatte. Es war meine Legitimation für den Fürsten Fondi.

Zita aber ließ sich in ihrem Tun nicht stören. Sanft entwand sie mir das Kuvert und legte es auf ihre zierliche Kommode.

„Du brauchst jetzt keine Legitimation für den Fürsten."

Wie aus einem weit entfernten Nebel glaubte ich Worte zu verstehen, die ich im Augenblick gar nicht hören wollte.

Pass auf! Die Frau weiß alles über dich. Sie kennt sogar den Inhalt deiner Dokumente. Hüte dich vor ihr.

Alle Bedenken waren wie weggewischt, als sie sich den letzten Verschnürungen an meinem Dolman widmete, der kurz darauf hinter mir zu Boden fiel.

Als ich nach der Kordel an ihrem Kleid greifen wollte, schüttelte sie mit dem Kopf und drückte meine Hände sanft nach unten. Nun beschäftigte sie sich mit meiner Hosenschnalle. Die war noch schneller geöffnet als das Hemd vorher. Ein leichter Stoß beförderte mich rücklings auf das große Bett mit dem Baldachin, welches mitten in ihrem Zimmer stand. Stiefel und Hose flogen im hohen Bogen durch den Raum. Mit der Hose hatte sie etwas größere Schwierigkeiten. Denn diese war vom Schnitt her sehr eng gearbeitet, und inzwischen hatte sich im Inneren ein echtes Hemmnis aufgebaut. Zita schien mit solchen Schwierigkeiten keine Probleme zu haben. Mit zarter Hand drückte sie das sperrige Körperteil zur Seite, das dadurch bei Weitem nicht nachgiebiger wurde und befreite mich von allen einengenden Stoffteilen. Ich lag nackt auf dem Bett, bemüht, meine erregte Männlichkeit mit der Bettdecke zu kaschieren. Ich hatte keine Erfahrung und wusste nicht weiter. Doch diese Ungleichheit im heutigen Duell zwischen mir und meiner rothaarigen Hexe war ihr bereits in den ersten Stunden unserer gemeinsamen Kutschfahrt klar gewesen. Diesen Vorteil wollte sie unbedingt für sich nutzen. Aber da sie eine kluge Frau war, legte sie großen Wert darauf, dass ich, ihr Novize das „erste Mal" als etwas einmalig Schönes in Erinnerung behielt und dass dadurch die Sehnsucht nach einer Fortsetzung wach gehalten wurde.

Ich sollte nun das erregendste Schauspiel meines bisherigen Lebens erleben dürfen und schließlich den Weg zum leidenschaftlichen Mitakteur finden. Zita nahm beide Arme hoch hinter den Kopf und drückte sich ihre volle rote Mähne einem Kissen gleich ins Gesicht. Gleichzeitig begann sie, mit ihren Hüften zu kreisen. Ohne ihre tänzerischen Bewegungen einzustellen, schälte sie erst den rechten Arm und dann den linken aus den Puffärmeln ihres weißen Kleides. Da der Ausschnitt so großzügig bemessen war, rutschte das Oberteil ganz langsam über die festen runden Brüste bis zur Taille. Zita trug unter dem Kleid kein Hemd. Erst als das gesamte Kleid plötzlich vollständig über die herrlichen Hüften zu Boden rutschte, wurde mir bewusst, dass sie lediglich die Raffung des Kleides gelöst hatte. Zita stand vor mir, nackt, wie der Herrgott den Menschen geschaffen hatte, und doch ganz anders. Ihr Körper schimmerte weiß wie Marmor, fest und doch zerbrechlich. Hunderte von zarten kleinen roten Äderchen pulsierten an allen Stellen durch die Haut. Lösten so Konturen auf, um sie an anderen Stellen wieder zusammenzusetzen. So hatte ich mir einen Frauenkörper nicht vorgestellt. Ich flüsterte andächtig: „Du bist wunderschön."

Zita wusste das, ihr war aber auch klar, dass sie handeln musste, und das tat sie. Katzengleich bewege sie sich auf das Bett zu und legte sich zu mir. Sie nahm meine Hand und führte sie zwischen ihre Beine, damit ich ihre Weichheit und Zartheit fühlen und ertasten konnte. Ich begriff sehr schnell, wie wertvoll Ruhe und Beherrschung dem eigenen Genuss Erfüllung bescherten. Zita begann nun, mit ihren Lippen und Zähnen mein Gesicht zu erkunden. Sie knabberte an meinen Ohrläppchen, um dann über meine Augen und Nase den Mund zu finden. Während sich ihre feuchten Lippen zärtlich, aber eiskalt mit den meinigen vereinten, suchte ihre Hand mein steifes Glied. Ich dachte, ich müsse explodieren. Das wusste Zita aber zu verhindern. Ohne ihre Hand von meiner Steifheit zu lösen, ließ sie sich langsam niedersinken. Ich meinte zu vergehen, als sich der Rhythmus unserer Körper zu einem immer schneller werdenden Tanz der Leidenschaft vereinte.

Wir fanden uns später wieder, eng umschlungen, und beruhigten unsere Haut mit zärtlichen Streicheleinheiten. Unsere Lippen fanden sich erneut und verschafften sich höchste Wonnen an vielen Teilen unserer Körper. Wie oft und wie viel Male wir in dieser Nacht die höchsten Wonnen der Liebe genossen, wusste ich nicht.

* * *

Am Morgen des folgenden Tages fielen die Schneeflocken so dicht, dass man kaum zehn Schritte weit sehen konnte. Der Schlitten, welcher Zita und mich nach Schloss Reinhardsbrunn bringen sollte, war ganz dicht an den Torbogen zur Krämerbrücke heran gefahren, damit wir nicht allzu weit durch den reichlichen Neuschnee stapfen mussten. Irgendwie sah der Schlitten komisch aus. Der Kutscher hatte an der Rückseite des Schlittens zwei Kisten befestigt, darüber eine Plane gespannt und bis nach vorn zum Sitz des Schlittenführers gezogen. Wir sollten wohl vor dem dauernden Schneefall etwas geschützt werden.

Zita eilte an mir vorbei und sprang in den, mit vier Pferden bespannten, Schlitten. Ich wollte es ihr gleich tun. Stellte mich aber so ungeschickt an, dass ich mit den Kopf an die Kisten stieß. Noch während ich mir die schmerzhafte Beule rieb, erkannte ich mit Entsetzen was die Kisten tatsächlich waren. Wir saßen unter zwei Eichensärgen. Der Schlittenführer musste wohl mein Missgeschick mitbekommen haben, denn er fühlte sich bemüßigt zu erklären: „Die beiden Särge sind für Schloss Reinhardsbrunn bestimmt. Ich habe sie deshalb so schräg festgemacht, damit sie Ihnen Schutz bieten können."

Nun hockten wir in unserem Reisegefährt, eingemummelt in dicke Pelze, während um uns herum ein infernalischer Schneesturm tobte. Seit wir die Stadttore Erfurts passiert hatten pfiff uns der eiskalte Nordwind entgegen und trieb harsche Schneekristalle vor sich her. Die scharfen winzigen Eiskristalle schnitten wie kleine Nadelstiche tief in die Haut meines Gesichtes. Das konnte auch der breite Wollschal nicht verhindern, den ich mir bis zur Nase hochgezogen hatte. Zita, die sich dicht an mich gekuschelt hatte, schien von diesem lausigen Wetter nichts zu spüren.

Ein vorsichtiger Blick aus dem Schlitten erlaubte mir hin und wieder einen Blick durch die wilden Schneeschauern auf die näher gerückten Berge zu werfen. Noch waren sie aber lediglich weit entfernt als dunkle Höhenzüge zu erkennen. Es würde noch einige Zeit vergehen, ehe wir unser Reiseziel erreichen würden. Meine leise Hoffnung, bald die durchgefrorenen Glieder an einem lodernden Kamin aufwärmen zu dürfen, konnte ich mir wohl bis auf weiteres abschminken.

Apropos Wärme, auch Zitas Körper konnte mir sie nicht geben. Im Gegenteil ich wurde das Gefühl nicht los, dass sie mir meine Körperwärme entzog. Welch Widerspruch zu der lodernden Glut der vergangenen Nacht.

Nachdenklich betrachtete ich das Gesicht der Schlafenden. Heute schien es aus Wachs geformt. Die rote Locke, die sich unter der Pelzkappe hervor wagte und auf der glatten Stirn ihren Platz gefunden hatte, unterstrich diesen Eindruck. Zita war unirdisch schön.

Woran erinnerte sie mich nur? Jetzt habe ich es! Sie gleicht den aus Marmor geformten Göttinnen im Berliner Schloss. Dabei hatte ich doch selbst erfahren, wie diese Frau leben konnte. An den Rhythmus dieses Lebens der vergangenen Nacht könnte ich Gefallen finden. Aber sind solche rau-

schenden Liebesnächte das Leben? Oder liegt der Sinn des Lebens ganz woanders.
Noch nie hatte ich über solche Fragen nachgedacht. Ausgerechnet Heute, einen Tag nach der schönsten Nacht meines Lebens. Es sollte doch ein Tag der Freude sein.
Wie um mich zu verhöhnen gebärdete sich das Wetter immer verrückter. Wir hatten die Wanderslebener Gleichen erreicht und es schneite immer noch ununterbrochen. Die Schneedecke wuchs Zentimeter um Zentimeter. Da der Wind nicht nachließ, häuften sich plötzlich auftauchende Schneewehen an solchen Stellen, wo sie kein Mensch vermuten würde. Bereits zweimal hatte unser Schlittenkutscher solche Wehen umfahren müssen. An manchen Stellen war der Weg nur noch dadurch zu erkennen, weil er rechts und links von hohen kahlen Bäumen gerahmt wurde.

Ich bewunderte die schweren Pferde, welche unbeirrt den Schlitten durch diesen unwirtlichen Tag zogen. Wurde der Abstand zwischen den Baumstämmen einmal etwas größer, pfiff der Wind den Schnee auf den Weg. Streckenweise ähnelte die Straße einem Waschbrett. Sobald ein Stückchen freies Feld dem Sturm preisgegeben war, wirbelten die Schneekristalle schwadenförmig am Boden entlang. Es sah schon komisch aus, wenn die Hufe der Pferde und die Schlittenkufen in diesen Wolken verschwanden. Unser Schlitten schien dann zu schweben. Die meisten Bäche, die wir passierten, waren gefroren. Lediglich größere Wasserläufe besaßen in ihrer Mitte noch eine schmale freie Rinne, aus der verdunstetes, gefrorenes Wasser als Nebel aufstieg. Dieser Dunst blieb sofort an den trocknen, dürren Ästen der Büsche und Bäume rechts und links der Flüsschen hängen, bildete ein weißes Laubwerk aus aneinander gefügten Eiskristallen. Oft hatte der Wind leichtes Spiel mit den dürren Ästen und brach sie krachend von den Stämmen ab, um sie dann wie Geschosse über die glatte Schneedecke zu jagen, bis sie später irgendwo im Gestrüpp hängen Blieben. Unangenehm empfand ich den eisigen Nordwind. Er fand wirklich jede Kleiderfalte und blies seinen kalten Atem in sie hinein.

Da half auch der angewärmte Ziegelstein nicht, den der Kutscher auf den Schlittenboden gelegt hatte. Inzwischen war er kalt geworden und wärmte nicht einmal mehr meine Füße. Dass der Kutscher den Weg nicht verfehlte, grenzte schon an ein Wunder. Für ihn musste es am schlimmsten sein. Da vorn, auf dem Bock, dem Wetter von allen Seiten her ausgesetzt, möchte ich auf keinen Fall sitzen. Er hat sich in einen dicken, mit Kaninchenpelzen gefütterten Mantel gehüllt. Auf dem Kopf trug er eine Pelzmütze mit Fuchsschwanz, deren Ohrenteile waren fest unter dem Kinn zusammengeschnürt. Einen handgestrickten Wollschal hatte er mehrfach um den Hals geschlungen und wie ich ebenfalls über die Nase gezogen. Die wulstigen Augenbrauen des Kutschers hatten sich mit einer dichten Reifschicht überzogen, sodass die Augen nur noch aus einem schmalen Schlitz hervorschauten. Klamme Hände steckten in wetterfesten Fäustlingen. Kaum konnte der Mann die Zügel der Pferde halten, geschweige die breite Taschenflasche, aus der er von Zeit zu Zeit einen kräftigen Schluck nahm. Diese Schlittenfahrt konnte man bei diesem Mistwetter wirklich nur mit einem Kräuterschnaps ertragen. Ich hätte auch ganz gern mal einen Schluck getrunken. Bedauerlich, an solche wärmenden Getränke hatte ich bei unserem Aufbruch nicht gedacht. Als hätte der Kutscher meine Gedanken lesen können, drehte er sich zu mir und hielt mir seine entkorkte Flasche hin: „Wollen der Herr Husar auch einen Schluck nehmen?“ Ich ließ mich nicht zweimal bitten, nahm einen kräftigen Schluck und gab die Flasche zurück.

„Die junge Dame will wohl keinen?“

Fühlte der Kutscher sich bemüßigt zu fragen.

„Sie schläft. Ich will sie nicht wecken. Aber mir hat er gut getan. Danke“, kommentierte ich die wohlige Wärme, die der Kräuterschnaps von der Kehle herab bis zu meinem Magen verbreitete.

„Werden wir noch lange unterwegs sein?“, setzte ich das Gespräch fort.

„Nicht mehr allzu lange“, antwortete der Schlittenführer.
„Bei dem flotten Trab, den unsere Pferde angeschlagen haben, kann es nicht mehr lange dauern, bis der Ort Schnepfenthal auftaucht. Von dort ist es nicht mehr weit bis zum Schloss Reinhardsbrunn.

In diesem Moment legte der Sturm mal eine kurzzeitige Pause ein. Vor uns stieg ein dunkler Schatten aus der Ebene hinauf in den grauen, wolkenverhangenen Himmel. Das musste unser Ziel sein.
Auf der davor liegenden, endlosen weißen Fläche spiegelte der blank geputzte Schnee die zaghaft durch die gelb glitzernden Wolken blinkende Sonne wider. Sie spendete aber lediglich kaltes Licht und brach sich an einer dunkel gekleideten weiblichen Gestalt, welche wie aus dem Nichts am Wegesrand auftauchte. Erschrocken warfen die Pferde die Vorderhufe in die Höhe und ihre hellen Mähnen bauschten sich im Wind. Mit Mühe und Not gelang es dem Kutscher die Tiere zu beruhigen. Ärgerlich rief er der schwarzen Gestalt zu: „Warum erschreckt ihr meine Pferde? Habt ihr nichts Besseres zu tun?“
Statt einer Antwort schritt die dunkle Frau auf die Schlittenpferde zu, hob beide Hände in die Höhe und legte sie auf die schnaubenden Nüstern der Tiere. Augenblicklich standen beide Pferde still.
Das war der Moment als Zita aus ihrem tiefen Schlaf erwachte. Sie löste sich von mir, stand wortlos auf, stieg aus dem Schlitten und stützte sich auf den Arm der schattenhaften Gestalt. Als hätte der Sturm auf diesen Augenblick gewartet wirbelte er eine gewaltige Schneemauer auf, in welcher die beiden Gestalten spurlos verschwanden.
Verblüfft schauten der Schlittenführer und ich uns an. Auch mehrmaliges Rufen verhallte ergebnislos. Weit und breit waren wir die einzigen Lebewesen in diesem winterlichen Inferno. Erst die Frage meines Schlittenführers brachte mir das Paradoxom unserer Situation zum Bewusstsein.
„Nimmt ihre Gefährtin kein Gepäck mit?“
Zita hatte gar kein Gepäck. Bisher war mir das nicht aufgefallen. Vorsich-

tig sah ich mich nach meinem spärlichen Reisegepäck um. Es war alles vorhanden. Nur meine Legitimation hatte sich in Luft aufgelöst. Aber das sollte mich nicht hindern meinen Auftrag auszuführen.
Seit geraumer Zeit stieg der Weg stetig an. Aus den Nüstern der vier schweren Schlittenpferde dampfte der Atem und gefror sofort zu weißen Reifbärten. Den kräftigen Pferden schien das Wetter nichts auszumachen. Die langen Mähnen flatterten im Wind, und die kleinen Glöckchen, die am Geschirr angebracht waren, läuteten lustig in den unfreundlichen Wintertag. Meine Stimmung war nach wie vor auf einem absoluten Tiefpunkt. Sie schwankte zwischen dem Gefühl einen großen Verlust erlitten zu haben und dem Wunsch, lass sie doch zum Teufel gehen. Wie nahe ich diesem Wunsch eigentlich war, konnte ich nicht ahnen.

* * *

Dafür rückten mehr und mehr die Bilder der Silvesternacht wieder in mein Gedächtnis zurück. Mein Gönner Andreas Cothenius hatte, dem Beispiel unseres Souveräns folgend, zu einem Tabakkollegium eingeladen, während gleichzeitig die Damen unter Regie seiner Gemahlin im Seitenflügel seines Hauses in Berlin-Dahlem über die neuesten Entwicklungen in der Mode stritten.

In einer großen Runde debattierten die Herren, unter denen sich nicht wenige Mitglieder der Berlin-Brandenburgischen Akademie der Wissenschaften befanden, nun schon stundenlang über die Reorganisation des Apothekenwesens in Preußen, Sachsen und Braunschweig. Ich hatte eigentlich gar keinen Bezug zu diesem Thema und war nur über die Freundschaft mit dem älteren Cothenius in diese Runde hineingeraten. Da ich nicht viel mitreden konnte, griff ich lieber zum Rotwein, den es reichlich gab. In dieser Nacht kam ich zum ersten Mal in meinem Leben mit Tabak in Berührung. Schnell hatte ich mich an die langen Pfeifen gewöhnt und

genoss den Rauch in tiefen Zügen. Über eventuelle Nachwirkungen des ungewohnten Genusses machte ich mir keine Sorgen.
Kurz und gut, die Gesellschaft befand sich in voller Harmonie und harrte der letzten Gongschläge der großen Pendeluhr, die zwischen den riesigen Fenstern im Herrensalon stand, auf die letzten Schläge vor dem Neuen Jahr 1780. Allmählich verstummte das Stimmengewirr und die ersten Herren mühten sich aus den tiefen ledernen Sesseln in den festen Stand zu kommen. Das war alles nicht so einfach, nach mehreren Stunden Trinkgenuss, wie ich eben selbst feststellen musste. Aber nun stand die gesamte Gesellschaft, die frisch gefüllten Gläser in der linken Hand, den Arm nach oben gereckt und wollte gerade ein Prosit auf das neue Jahr beginnen. Da schlug die Salontür mit einem lauten Knall auf und krachte mit voller Wucht an einem im Wege stehenden Getränkewagen. Flaschen fielen um, Gläser splitterten und auf dem Parkett breitete sich eine Pfütze aus Rotwein, Branntwein, Wodka und ähnlichen Flüssigkeiten aus.
In der Tür stand völlig verdutzt, ob des angerichteten Schadens ein dick vermummter Kurier, der ein großes Kuvert in der Hand schwenkte. Für alle sichtbar prangte darauf das Siegel der Fürsten von Fondi. Am schnellsten hatte sich der Kurier gefangen und brüllte nunmehr in den Salon.
„Ich habe ein Schreiben für Generalfeldstabsarzt Cothenius."
Ich musste schmunzeln, wenn ich an den Tumult dachte, der da nun los brach.

Schließlich war der Schaden beseitigt, die Ruhe wieder eingekehrt, der Kurier verschwunden und das neue Jahr verpasst. Unbeachtet lag das Kuvert mitten im Salon, ungeöffnet. Es war der alte Ziethen, welcher sich an das Dokument erinnerte und das Siegel brach. Mit noch immer befehlgewohnter Stimme begann der Einundachtzigjährige vorzulesen

Lieber Studiosus,

wenn Ihn mein Brief erreicht bin ich bereits Gast meines einstigen Reisegefährten Herzog Ernst II. von Sachsen-Gotha-Altenburg. Von ihm erwartete ich Hilfe, um meinem Sohn Josef wieder zu finden. Er ist seit mehreren Wochen unter geheimnisvollen Umständen spurlos verschwunden. Die einzige Nachricht, die Josef hinterließ lautete, er folge einem Ruf des Inspektors von Abessinien. Als Herzog Ernst und ich 1768 Frankreich bereisten, lernten wir einen deutschen Gelehrten aus Ingolstadt in Bayern kennen. Er behauptete von sich, im Auftrage des Inspektors von Abessinien unterwegs zu sein. Dieser Mensch versuchte den Herzog davon zu überzeugen, dass nur ein Geheimbund in der Lage ist, der Wissenschaft zum Sieg über den Konservatismus des Klerus zu ermöglichen. Er bezeichnete die Mitglieder des zu gründenden Geheimbundes als die Erleuchteten. Ich weiß nur, dass Herzog Ernst sehr beeindruckt war und vor einigen Jahren auch in Gotha eine Loge mit dem Namen Rautenkranz gegründet hat. Ich glaube sogar er ist ihr Großmeister.

Nun hoffte ich, dass er mir sagen kann, wo dieser ominösen Inspektor zu finden ist.

Ich reise nicht allein nach Reinhardsbrunn. Allerdings bin ich mir nicht mehr sicher, richtige Reisegefährten gewählt zu haben. Denn seit einigen Tagen geht es mir von Tag zu Tag schlechter. Mich überfallen fürchterliche Anfälle, meine Glieder zucken unkontrolliert und ich glaubte kaum noch atmen zu können. Allerdings gehen diese Anfälle schnell vorbei. Ich fürchte aber, ich werde die Suche nach meinem Sohn nicht selber in die Hand nehmen können. In Anbetracht unserer langjährigen Freundschaft bitte ich um deine Hilfe.

Im Dezember 1779

In Dankbarkeit Heinrich Fürst Fondi.

So kam es, dass beschlossen wurde mich, den jüngsten in der Runde und Thüringer Landsmann, in den Thüringer Wald zu schicken.

Der Weg zum Schloss wurde schmaler und kurvenreicher. Linker Hand schob sich dichter Wald unmittelbar an den Straßenrand heran, und auf der anderen Seite rauschte ein wilder Bergbach herab, der dem Winterfrost trotzte.

„Herr Leutnant! Noch da vorn um den Teich herum und wir sehn die Einfahrt zum Schlosshof."

Hoch ragte der gewölbte Torbogen mit dem Wappen der Herzöge von Sachsen-Gotha-Altenburg an seiner Spitze.

2. KAPITEL

Das dunkle Schloss

04. Januar 1780

Donnernd rutschten die Kufen unseres Schlittens über die runden Pflastersteine der weit offen stehenden Einfahrt in den Schlosshof. Das Gefährt wurde kräftig durchgeschüttelt. Die beiden Särge hinter mir klapperten fürchterlich, aber da hatten wir schon die Einfahrt passiert und stoppten im Hof vor der Freitreppe zum Hauptgebäude des Schlosses.

Langsam schälte ich mich aus den dicken Wolldecken, die mich auf den Weg bis hier in den Wald vor der schneidenden Kälte geschützt hatten. Obwohl der Wind hier nicht zu spüren war, vermeinte ich ständig abnehmende Temperaturen zu fühlen. Aber dieses Gefühl verfolgte mich schon seit Zitas plötzlichem Verschwinden. Nun kam noch ein eigenartiger beklemmender Druck in der Magengegend dazu, der mehr und mehr von meinem Körper Besitz ergriff.

Ich hatte während meines bisherigen Lebens noch nie Angst verspürt. Nicht, wenn mir feindliche Kugeln um die Ohren pfiffen, oder wenn Kanonenschläge Reiterattacken meiner Eskadron stoppen wollten, auch nicht, wenn vor mir ein scheinbar unüberwindlicher Wall aus glänzenden Piken und blinkenden Säbeln wuchs. Doch hier, in diesem Hof, wo lediglich der Schnee einiges Licht spendete, wollte der Druck in meiner Brust nicht weichen. Ob das Angst war?

Ich hatte schon öfter alte Schlösser besucht. Im Schloss Reinhardsbrunn bin ich noch nie gewesen. Dieses graue unansehnliche Gemäuer verunsicherte mich. Cothenius hatte mir vor meiner Abreise das Schloss als prachtvolles Lustschlösschen geschildert. Davon konnte keine Rede mehr sein. Ob es am scheidenden Licht des Tages, oder an meiner tristen Stimmung lag, mochte ich nicht entscheiden, aber die Fassaden im Innenhof präsentierten sich in einem erbärmlichen Zustand. Vom Dach des Gebäudes hatte der Wind graue Schieferziegel geweht. Sie lagen in tausend Stücke zerschmettert auf der Freitreppe, auf der aus den Steinfugen grünbraunes Moos durch den vermatschten Schnee spross. Hier hatte in diesem Jahr bestimmt noch niemand gefegt.

Langsam ließ ich meinen Blick durch den Innenhof schweifen. Die Fenster starrten wie schwarze Löcher aus einem Mauerwerk, von dem der Mörtel aus den Gesteinsfugen bröckelte. Das große Portal über der Freitreppe war fest verschlossen. Ich glaubte aber nicht, dass es einem ernsthaften Öffnungsversuch widerstehen würde. Mein Schlittenführer brachte es auf den Punkt.

„Ich glaube, der Herr Husar hat sich umsonst hierher bemüht. Hier wohnt niemand mehr. Wer nimmt mir nun meine Särge ab?“

Ich musste ihm wohl oder übel Recht geben. Diese Erkenntnis war nicht einmal unangenehm. Schon griff ich mit meiner linken Hand nach dem Bord des Schlittens und setzte meinen Fuß auf die Einstiegsstufe, da schweifte mein Blick über den westlichen Seitenflügel, an dessen Ende ein Eckturm den Abschluss bildete.

Im ersten Moment dachte ich an eine vom Wunsch beseelte Einbildung. Doch dann war ich mir sicher. Dort schritt jemand die Turmtreppe herunter. Er trug eine brennende Kerze. Immer wenn diese Person eines der Fenster passierte, leuchtete es hinter den Scheiben kurz auf. Der Kerzenträger ging sehr langsam. Wenn der Kerzenschimmer eine Etage tiefer auftauchte, war viel Zeit vergangen. Trotzdem stand fest, es gab Menschen die hier lebten.

Für mich bedeutet dies, mein Auftrag war noch nicht beendet. Ich hatte mit dem Fürsten zu sprechen, um ihm meine Hilfe bei der Suche nach seinem Sohn anzubieten. Entschlossen stampfte ich die acht Stufen zum

Portal hinauf und schlug mit dem Knauf meines Säbels auf den metallenen Türklopfer. Laut und hohl hallte mein Klopfen durch den Schlosshof. Aus einer Luke im spitzen Ostturm entwich lautlos ein fliegender Schatten in die beginnende Winternacht. Sonst blieb alles ruhig. Auch das flackernde Kerzenlicht im Westturm war erloschen. Noch einmal hämmerte ich meinen Säbelknauf auf die Pforte. Ohne Erfolg.
Nur mein Schlittenführer meldete sich zu Wort.
„Herr Leutnant, sie können von mir aus in diesem unheimlichen Schloss bleiben. Ich für meinen Teil werde von hier verschwinden. Wenn sie wollen, können sie mitfahren."
Noch während der letzten Worte löste er die Verschnürungen der beiden Särge und ließ sie einfach auf den Hof gleiten. Dann wendete er sein Schlittengespann. Als ich unschlüssig auf der Freitreppe stehen blieb, griff er nach meiner Gepäckrolle warf sie aus dem Schlitten, ließ seine Peitsche knallen und das Gespann raste mit großem Getöse auf die dunkle Toreinfahrt zu. Im Nu hatte sie den Schlitten verschluckt und ich stand einsam und verlassen mitten auf der schneebedeckten Freitreppe, an deren Fuß beide, mit Schnitzwerk reich verzierten Särge standen. Mein erster Gedanke: Lauf, lauf hinter dem Schlitten her. Sonst stehst du allein in diesem Schlosshof herum und musst zu Fuß bis in den nächsten Ort laufen.

Schon bückte ich mich nach meinem Gepäck um dieser inneren Stimme zu folgen, da erstarrte ich mitten in meiner Bewegung. In meinem Rücken hatte sich das Schlossportal lautlos geöffnet. Allerdings war es erst die knarrende Greisenstimme, die mich darauf aufmerksam machte.
„Gott zum Gruß, Herr Leutnant. Ich begrüße Sie auf Schloss Reinhardsbrunn. Unser Gast, Fürst Fondi, hat mir ihr Erscheinen angekündigt. Ich habe mir erlaubt Ihnen im Westflügel des Schlosses einige Gemächer herzurichten. In wenigen Minuten steht Ihnen auch ein wärmendes Bad zur Verfügung, und frische, angewärmte Kleidung liegt ebenfalls bereit."

Froh, diesem unsäglichem Wetter entkommen zu können, schnappte ich mein Gepäck und stürmte die restlichen Stufen der Freitreppe empor. Nickte im Vorübergehen dem alten Mann zu und betrat die dunkle Eingangshalle. Unmittelbar hinter mir fiel das Schlossportal mit dumpfem Geräusch zu.

Erst jetzt hatte ich Gelegenheit mir den Mann, der mich eingelassen hatte, näher anzusehen. Er war etwas kleiner als ich. Das könnte aber auch davon kommen, dass sein fortgeschrittenes Alter den Rücken arg gekrümmt hatte. Der Kopf, aus dem eine krumme kantige Nase ragte, wurde von einem dichten Kranz wirrer, schneeweißer Haare gekrönt. Der Mann trug einen bodenlangen uralten Morgenrock in einstmals grellen bunten Farben. Dort, wo einmal die Taille gewesen sein musste, wurde er mit einer dicken Kordel zusammen gehalten. Seine nackten Füße steckten in übergroßen Filzpantoffeln. Er war gezwungen zu schlurfen, damit er sie nicht verlor.

Ich folgte dem alten Faktotum, welches sich sofort nach dem Eintritt in die Eingangshalle nach links zum Seitenflügel gewandt hatte. Die einarmige Kerze, welche er in seiner linken Hand trug, weit vom Körper nach vorn gestreckt, war die einzige Lichtquelle auf unserem Weg. So konnte ich vom Inneren des Schlosses kaum etwas erkennen. Hier und da ließ der flackernde Kerzenschein in den Fluren an den Wänden meterhohe Porträts von Männern und Frauen erahnen. An mancher Tür, an der wir vorbei gingen, zeugten riesige Spinnenweben davon, dass seit langem kein Mensch die Räume betreten hatte. Das Schloss atmete den fauligen Geruch des unaufhaltsamen Verfalls. Generalfeldstabsarzt Cothenius muss vom Niedergang dieses einstmals bestimmt wunderschönen Lustschlösschens keine Ahnung haben.

Nachdem wir mehrere Flure durchquert hatten, kamen wir an eine Wendeltreppe, die der Alte zu besteigen begann. Ich folgte ihm dicht auf den Fersen um wenigsten etwas von dem schwachen Licht nutzen zu können. Der Alte stieg, ohne sich am schmiedeeisernen Geländer festzuhalten, mit einer Leichtigkeit die Stufen empor, die mich verblüffte. Sogar mein Atem ging schneller als der Seine. Inzwischen waren wir bereits in der zweiten Etage angekommen. Was es unten am Beginn der Treppe nicht gab, hatten die Erbauer des Schlosses hier eingebaut. Eine Tür, aus schwerem Eichenholz und verschlossen, wie sich herausstellte. Der Alte hatte den passenden Schlüssel dabei. Mit Erstaunen registrierte ich, die Türen in diesem ansonsten herunter gekommenen Bauwerk waren ausnahmslos sehr gut geschmiert. Auch dieses Mal bewegte sich die Tür lautlos in seinen Angeln und verursachte beim Zufallen lediglich nur einen dumpfen Ton. Mir huschte der Gedanke durch den Kopf, man könne mit ein bisschen Geschick die Türen so verschließen, dass kein Laut zu hören sein würde. Doch wer sollte das tun? Außer dem Alten und wahrscheinlich seinem Herrn schien in diesem alten Gemäuer niemand zu wohnen.

Der Alte blieb vor einer weiteren Tür stehen. Diese Tür war nicht verschlossen. Mit einer Verbeugung, die ich dem alten Kauz nicht zugetraut hätte, öffnete er mir die Tür. Helles Licht fiel auf den dunklen Flur. Überrascht betrat ich einen gemütlich eingerichteten Salon, der von mehreren Kandelabern hell erleuchtet war. An der rechten Seite verbreitete ein kräftig loderndes Kaminfeuer wohlige Wärme. Vor dem Kamin luden vier tiefe lederne Sessel und ein kleiner runder Tisch mit geschnitzten Beinen und Marmorplatte dem Gast zum verweilen ein. Der Eingangstür gegenüber schirmten dicke Vorhänge an der Fensterfront gegen die kalte Winterluft ab. Ich begann mich zu entspannen und der Druck auf meiner Brust löste sich langsam auf.

In der Mitte der linken Zimmerwand, die von einem Bücherregal bedeckt und bis unter die Decke mit Folianten, ledergebundenen Werken gefüllt war, befand sich eine weitere Tür. Auf diese steuerte der Alte jetzt zu. „Junger Herr, hier befindet sich ihr Schlafraum. Wir haben uns er-

laubt, dieses Boudoir ebenfalls zu heizen. Vor dem Kamin steht eine Badewanne. Heißes Wasser wird ihnen in wenigen Minuten gebracht. Wenn Sie sich erfrischt und umgezogen haben, werde ich Sie abholen."
Ich musste schmunzeln. In einem Damenzimmer würde ich also baden und schlafen. Wie es aussah, allerdings allein. Dem Alten eine Antwort zu geben, dazu kam ich nicht mehr. Er hatte meine Räume bereits verlassen.

Ich beschloss mich erst einmal im Salon vorm Kamin aufzuwärmen. Die Stiefel ausziehen, den Dolman aufknüpfen, alles war eine Sache von wenigen Augenblicken. Dann saß ich in einem der vier Sessel, die Füße dem Kamin zugestreckt, überließ mich dem wärmenden Feuer. Ob ich eingeschlafen war, konnte ich nicht mit Gewissheit beantworten. Aber ich hatte niemanden bemerkt, der meinen Salon betreten oder verlassen hatte. Trotzdem stand plötzlich ein vierschrötiger Lakai in schwarzer Livree in der Tür zu meinem Boudoir.
„Herr Leutnant kann jetzt ein Bad nehmen. Das Wasser ist bereit."
Mühsam rappelte ich mich mit steif gewordenen Gliedern aus dem Sessel und stakste mit unbeholfenen Schritten nach nebenan. Tatsächlich, in der Badewanne vor dem Kamin dampfte heißes Wasser. Ein großes weißes Tuch speicherte die Wärme des prasselnden Holzfeuers und auf einem stummen Diener lag tatsächlich frische Wäsche in passender Größe für mich bereit.

Von dem Lakai war erneut keine Spur zu sehen. Verwundert schaute ich mich um. Aber es gab nur eine Tür und durch die bin ich gekommen. Es muss wohl die Kälte des Tages gewesen sein, dass ich mir weiter keine Gedanken machte. Schnell hatte ich meine restlichen Sachen abgelegt und genoss danach das schmeichelnde Bad in vollen Zügen.

Man hatte in diesem Schloss an alles gedacht. Neben der Wanne lagen auf einem Schemel duftende Seife, die bestimmt ein Vermögen gekostet hatte, verschiedene Öle, Essenzen und ein Becher heißen würzigen Rotweins.

So verbrachte ich eine reichliche Stunde ohne von einer Seele gestört zu werden. Erst als das Wasser anfing kühl zu werden, verließ ich meine Wanne und trocknete mich mit dem vorgewärmten Tuch ab. Das war der Moment, wo ich das Gefühl bekam beobachtet zu werden. Aber da war niemand. Sogar hinter den dicken Fenstervorhängen hatte ich nachgeschaut. Alles ohne Ergebnis. Ich zog mich an. Auf dem kleinen Toilettentischchen vor dem mannshohen Spiegel lagen Bürste, Puder, Bänder, kurz alles, was man für eine ordentliche Toilette benötigte.

* * *

Im Damenschlafzimmer war das Feuer im Kamin fast niedergebrannt, aber ich war auch fertig mit der Toilette. Lediglich meine Uniform fehlte noch zur Vervollkommnung. Ich musste wohl in Kauf nehmen, Dolman, Hose und Stiefel im Reisezustand überstreifen zu müssen. Ich begab mich also in den Salon. Können sie sich meine Überraschung vorstellen, als dort besagte Kleidungsstücke fein säuberlich gebürstet und gewienert bereit lagen.

Bald harrte ein adrett gekleideter Husar auf die weiteren Dinge, die in diesem wundersamen Schloss geschahen. Irgendwie hoffte ich nunmehr, meinem Gastgeber, dem Hausherren vorgestellt, oder zumindest zum Fürsten Fondi geführt zu werden. Ich sollte mich nicht irren. Es klopfte und das mir bereits bekannte Faktotum forderte mich auf ihm zu folgen. Ich staunte nicht schlecht, der alte Mann hatte den zerschlissenen Morgenmantel mit einem schwarzen Gehrock vertauscht. Schwarze Kniebundhose, schwarze Kniestrümpfe, ein cremseidenes Halstuch und sorgfältig gekämmte weiße Haare, im Nacken zu einem Zopf gebunden hatten aus ihm einen vollständig anderen Menschen gemacht. Nur krumm ging er immer noch und schlurfte auch mit seinen Füßen über den Flur.

Erneut ging es die Wendeltreppe hinunter, den endlosen Fluren entlang

bis zur Eingangshalle. Diesmal wurde sie durchquert. Danach steuerte mein Kerzenträger auf eine weitere Treppe zu. Nun ging es abwärts. War es in der Eingangshalle kühl, ja fast kalt, wurde es je tiefer wir stiegen wärmer und wärmer. Jeder Tritt brach sich laut an den dicken Mauern des Ganges. Wohin führte mich der Alte? Auf keinen Fall in die Räume eines Schlossherren. Ich versuchte den Alten, von dem ich nicht einmal den Namen wusste, anzusprechen.
„Alter Mann! Wohin führen Sie mich? Bringen Sie mich zum Herzog oder zum Fürsten? Die Kellergewölbe des Schlosses will ich nicht besichtigen."
Außer einem unwilligen Brummen erhielt ich keine Antwort. Stattdessen steuerte er zielbewusst auf eine spitzgiebelige Tür am Ende der Treppe zu. Auch diese Tür war hervorragend geschmiert. Ich stand in einer schlichten kleinen Kapelle, etwa zwölf Schritte tief und acht Schritte breit, dafür aber doppelt so hoch. Jedem Eintretenden musste sofort das mir genau gegenüber, an einer makellos weiß getünchten Wand hängende, aus rotem Kirschholz geschnitzte mannsgroße Kruzifix auffallen. Mich fesselte sofort das ernste und doch weiche Gesicht der Skulptur. Man meinte der gekreuzigte Jesus würde leben. Aber es waren sicherlich nur die Schatten, welche von den zwei dicken meterhohen Kerzen ihr Licht auf dieses Antlitz warfen. Ich folgte dem Blick des Gekreuzigten, der auf das Zentrum der Kapelle gerichtet war. Mir stockte der Atem. Auf einem steinernen Sockel lag der Leichnam eines alten Mannes und monoton vernahm ich die gedämpfte Stimme meines Führers: „Fürst Heinrich von Fondi braucht ihre Hilfe."
Mit drei schnellen Schritten stand ich an der Seite des Aufgebahrten. Das war der Schreiber des Briefes an Cothenius. Ich war mir sicher. Kurz vor meiner Abreise aus Berlin zeigte mir der Generalfeldstabsarzt sein Bildnis. Die Ähnlichkeit war unverkennbar. Aber warum starb er so plötzlich? Im Brief war zwar die Rede von einer Erkrankung, aber musste diese

gleich zum Tode führen? Ich sah mir den Verstorbenen genauer an.

Der Fürst besaß noch seinen gesamten natürlichen Kopfschmuck. Man hatte ihm keinen Zopf geflochten. Die langen weißen Haare hatten kundige Hände sorgfältig gekämmt. Ein weißes Gewand mit Stehbündchen war unter dem Kinn handbreit geöffnet und auf der nackten Brust prangte der Adlerorden. Beide Hände waren unter der Brust gefaltet und vom Ringfinger der linken Hand glänzte der Silberne Totenkopfring des 1. Leib-Husaren-Regiments. Jetzt war mir klar, woher die Freundschaft zwischen Cothenius und dem Fürsten stammte. Über den Unterleib und den Beinen lag glatt gestrichen ein schweres rotes Brokattuch mit dem Wappen der Fondis. Ich würde wohl die Suche nach seinem verloren gegangenen Sohn allein in Angriff nehmen müssen.

In diesem Moment wurde ich in meiner Andacht gestört. Aus den Augenwinkeln bemerkte ich einen weiteren Mann, der neben die Bahre getreten war. Er besaß etwa die gleiche Körpergröße wie ich, hatte aber breitere Schultern und war um die Taille herum etwas fülliger. Auffallend dunkle Augen suchten sofort meinen Blickkontakt, und ich hörte ihn flüstern. „Sie sind der Mann, den der Fürst erwartet hat!"
Es war keine Frage, sondern eine Feststellung. Also reagierte ich nicht. Ich ging davon aus, dass er sich näher erklären würde. Ich hatte Recht.
„Schauen Sie sich das Gesicht des Fürsten gründlich an. Suchen Sie mich in etwa einer Stunde in der Bibliothek auf."
Ehe ich antworten konnte, stand ich allein bei dem Toten. Verdammt! Wer war das? Was soll ich in dem Gesicht erkennen? Ist der Tote nicht der Fürst? Und woher zum Donnerwetter soll ich wissen, wo die Bibliothek ist?
Ich beschloss dem Rat des Fremden zu folgen. Zuerst konnte ich nicht erkennen was der Mann gemeint haben könnte. Das Gesicht des Fürsten war kantig und glänzte wie eingeölt. Wenn man viel Fantasie aufwand, erkannte man in den tief eingegrabenen Falten von Nase und Mund er-

littene Schmerzen. Aber wem passiert dies nicht im höheren Alter. Erst ein Windhauch, jemand musste die Tür zur Kapelle geöffnet haben, lüftete die schneeweißen Haare über den Ohren. Da klingelten bei mir die Alarmglocken. Hauchdünne, bereits Schorf bildende Blutfäden sickerten aus beiden hervor. Nun bemerkte ich auch die kleinen gelbgrünen Bläschen in den Mundwinkeln. Ganz leicht stieg von ihnen einer leiser Bittergeruch empor. Hatte man deshalb rechts und links neben dem Kopf des Toten zwei große Vasen mit verschiedenen getrockneten Kräutern platziert? Deren intensiver Duft füllte die kleine Kapelle und kaschierte erfolgreich den bitteren Geruch vom Munde des Fürsten. Nur wenn man sehr nahe am Kopfende der Bahre stand, konnte man den ursprünglichen Geruch wahrnehmen. War es das, auf was mich der Fremde aufmerksam machen wollte?
Mir schwirrte der Kopf. Langsam machte ich einige Schritte rückwärts. Prompt stieß ich an einen der vierundzwanzig Gebetsstühle. Der Baumeister hatte jeweils zwölf dieser Stühle in Zweierreihen an der rechten und linken Seite der Kapelle aufgestellt. Jetzt fiel mir auch der Altar unter dem gekreuzigten Christus auf. Auf einem riesigen grauen Steinblock, bedeckt mit einer blütenweißen Decke, bildeten ein goldener Kelch und eine aufgeschlagene Bibel ein harmonisches Bild. Ruhe und Vertrauen ging von diesem Altar aus.

Ich ließ mich auf einem der Stühle nieder um meine Gedanken zu ordnen. Dabei wurde mir plötzlich bewusst, dass noch drei weitere Personen in der Kapelle anwesend waren. Es waren Frauen. Sie beteten.
Eigenartiger Weise mieden sie persönliche Nähe. Ich schloss daraus, dass sie nichts miteinander zu tun hatten.

Mir am nächsten, somit auch am nächsten zu dem toten Fürsten saß eine kreidebleiche schwarzhaarige Schönheit von etwa dreißig Jahren. Auffällig ihre dunkelblaue Samtrobe mit dem gleichfarbigen Stehkragen. Auf dem Brustansatz ruhte ein schweres goldenes Kreuz und an den behandschuhten Händen blitzten edle Brillantringe. Diese Frau war wahrlich nicht arm. Warum fiel mir da nur mein schmaler Geldbeutel ein?

Die zweite Frau saß auf der anderen Seite im Gestühl. Viel konnte ich von ihr nicht erkennen. Sie war nur wesentlich schlanker, fast dürr und trug ein dunkles Ornat mit gleichfarbiger Haube, die sie tief ins Gesicht gezogen hatte. Ich tippte auf eine Nonne, was mich allerdings sehr verwunderte, weil mir bekannt war, dass sowohl das Haus Fondi als auch das Haus Sachsen-Gotha-Altenburg protestantischen Glaubens war.

Die dritte Person hatte sich in der äußersten, dunkelsten Ecke der Kapelle einen Platz gesucht. Ich konnte nur vermuten, dass es sich ebenfalls um eine Frau handelte. Aus einem mir unerklärlichen Grund zog mich diese Person in ihren Bann. Ich konnte kein Auge von der schattenhaften Gestalt wenden. Ich dachte bei mir: aufstehen und hingehen, sie ansprechen.

Als hätte diese Frau meine Gedanken lesen können, hob sie ihr Gesicht und zwei vorwurfsvolle eisblaue Augen trafen mich mit voller Wucht. Ich kannte diese Augen. Zum ersten Mal begegnete ich ihnen in einer Postkutsche nach Erfurt. Hastig erhob ich mich von meinem Platz. Sorgfältig achtete ich darauf, dass ich mich immer zwischen ihr und der Tür zur Kapelle befand. Noch einmal sollte mir meine rothaarige Hexe nicht entkommen.

Dann stand ich vor ihr. Welch krasser Gegensatz zu meiner eleganten Reisebekanntschaft. Ein dunkelbraunes Kopftuch verbarg ihre Haare vollkommen. Statt grünem Lodenrock und weißer Bluse trug sie ein einfaches schmuckloses dunkelbraunes Kleid. Aber es war mir egal. Ich hatte meine Zita wieder.

„Zita! Warum bist du so sang und klanglos verschwunden? Du bist mir eine Erklärung schuldig.“

„Ich heiße nicht Zita. Man nennt mich Luise. Ich bin die Wirtschafterin des Fürsten. Für Sie, Herr von Wenzel, habe ich eine Nachricht des Fürs-

ten. Bitte folgen Sie mir.“
Schon längst hatte ich begriffen, diese Augen gehörten nicht zu meiner Zita. Vor mir stand eine völlig fremde Frau. Auch die Haarfarbe stimmte nicht. Dunkelbraune, fast schwarze Löckchen drangen unter dem Kopftuch hervor. Nur die Augen glichen jenen meiner Reisebekanntschaft.

Aber woher kennt sie meinen Namen? Ehe ich dazu kam Fragen zu stellen, stand die Wirtschafterin auf und steuerte auf den Ausgang zu. Wunschgemäß folgte ich ihr. Dabei glaubte ich die Blicke der beiden zurückbleibenden Frauen wie Dolche in meinem Rücken zu spüren.

3. KAPITEL

Der Verdacht

In der Nacht des 04. Januar 1780

Die Wirtschafterin Luise steuerte zielstrebig auf eine hohe Tür im Hintergrund der Eingangshalle zu. Dabei verschwendete sie lediglich einen kurzen Blick zu mir zurück, als wollte sie sich vergewissern, dass ich ihr folgte.
Auch hier eine Tür, obwohl sehr hoch, der Türgriff befand sich in Höhe des Kinns der Wirtschafterin, die lautlos aufschwang. Scheinbar waren alle Türen in diesem Schloss sehr, sehr gut geschmiert. Wir betraten die Bibliothek. Der Raum war etwa fünf Schritt breit, aber das Dreifache in der Länge. An den Wänden standen schwere Regale, fast bis zur Decke hoch. Sie waren ausnahmslos mit Büchern gefüllt. Um die obere Regalreihe erreichen zu können, gab es eine rollbare Treppe. Die Bücherregale wurden nur an zwei Stellen unterbrochen. In der langen Wandseite, der Tür gegenüber spendete tagsüber ein mannshohes Fenster bestimmt genügend Licht für die Bibliothek. Jetzt war es ein dunkles, gläsernes Loch, in dem sich lediglich das Licht der beiden Lüster spiegelte. Die andere Ausnahme befand sich an der linken Schmalseite. Dort prasselte ein wärmendes Feuer in einem offenen Kamin, der gerade durch den mir bereits bekannten alten Mann mit dicken Holzscheiten bestückt wurde.

Um den Kamin herum standen fünf dunkelbraune, reichlich abgewetzte Ledersessel. Aus einem dieser Sessel erhob sich der Mann, der mich an der Totenbahre des Fürsten aufforderte, mir den Toten genau anzusehen. Er kam mit ausgestreckten Händen auf mich zu, als wolle er einen alten Freund herzlich begrüßen. Ich sah keinen Grund, mich dieser freundli-

chen Geste zu verweigern und reichte ihm meinerseits die Hand. Er hatte feingliedrige Finger von bemerkenswerter Kraft und stellte sich vor.
„Ich bin Dr. Andreas Fritz, der Leibarzt des verstorbenen Fürsten und betreibe im Selketal eine Kureinrichtung. Vor wenigen Tagen erreichte mich eine Botschaft des Fürsten, in der er mich dringend um Hilfe bat.“
Nun mischte sich die Frau in unser Gespräch, die sich mir als Wirtschafterin des Fürsten vorgestellt hatte.
„Fürst von Fondi, Johannes und ich, sind schon seit dem Weihnachtsfest Gäste des Herzogs.“
Aha! Dachte ich bei mir, der alte Mann hat einen Namen und gehört zum Gefolge des Herzogs. Weiter kam ich allerdings nicht, denn Luise, wie sie wohl hieß, erzählte weiter.
„Mitten im Dezembermonat bekamen wir auf Schloss Rammelburg Besuch. Es war die ehemalige Gemahlin des Prinzen Josef von Fondi. Na ja, eigentlich sind die beiden immer noch verheiratet. Aber Elisabeth ist vor gut zehn Jahren ins Kloster gegangen und bisher hat niemand die Ehe annulliert. Sie war nur niemals vollzogen worden.“
Naiv, wie ich war, wollte ich wissen: „Wie soll ich das verstehen, nicht vollzogen worden?“
Die Wirtschafterin bekam bei meiner Frage einen seltsamen roten Kopf und wandte ihren Blick Hilfe suchend an den Doktor.
„Frau Luise meint, dass der junge Fürst nach seiner Trauung mit Elisabeth niemals Beischlaf gepflegt hatte.“
„Aber dann hätte er doch gar nicht heiraten sollen.“
Meine Schlussfolgerungen lockten bei meinen beiden Gesprächspartnern lediglich ein mitleidiges Lächeln auf die Gesichter. Doktor Fritz fühlte sich wohl verpflichtet, mir Unwissenden auf die Sprünge zu helfen.
„Herr Leutnant, Ehen in Fürstenhäusern werden wegen Geld geschlossen. Das Haus Fondi war arm und ein reicher Livländer wollte für seine Tochter den Titel Fürstin. So kam ein Geschäft zustande. Fürst Josef von

Fondi und Elisabeth von Regal wurden nicht gefragt. So gingen beide ihrer eigenen Wege. Der Eine liebte die Einsamkeit der Berge und die Jagd und die Andere verehrte die Jungfrau Maria mit allem was sie hatte. Das ging einige Jahre gut. Bis Josefs Schwester Isabella im vorigen Herbst ihrem Traummann begegnete und nun heiraten möchte."
Ich nickte verstehend.
„Isabella wollte eine angemessene Mitgift. Aber wo liegt da das Problem?"
Luise prustete erheitert los.
„Weil es zwei waren, die heiraten wollten. Zum einen Isabella von Fondi und zum anderen wollte Elisabeth endgültig die Ehe mit Gott eingehen. Deshalb kam die Nonne ins Haus Fondi zurück. Es gab einen fürchterlichen Streit zwischen den beiden Frauen und dem alten Fürsten."
„Was sagte denn Josef dazu?"
Wollte ich von der Wirtschafterin wissen.
„Er konnte nichts dazu sagen. Der junge Herr ist seit Anfang des Weihnachtmonats spurlos verschwunden. Deshalb hatte doch der alte Fürst um Hilfe in Berlin nachgesucht."
Es wurde immer mysteriöser und meine Neugier stieg.
„Das war also schon Tage vor dem Eintreffen der Nonne. War denn zu dieser Zeit die Prinzessin Isabella auf dem Schloss?"
Luise dachte angestrengt nach, um danach sehr zögerlich zu antworten.
„Ja, eigentlich bis zum Vortag an dem der junge Herr verschwunden ist."
„Wann fand denn dann der Streit zwischen dem Fürsten und den beiden Frauen statt?"
„Am Sonntag vor dem Heiligen Abend!"
Die Antwort der Wirtschafterin kam prompt und sie fuhr fort: „Drei Tage später begannen die gesundheitlichen Probleme des Fürsten. Er bekam Angst und wir sind Hals über Kopf hierher zu seinem alten Freund Herzog Ernst geflohen. Ja, das ist richtig, wir sind regelrecht geflohen."

„Stimmt! Hat aber nichts genutzt!“
Brummend bestätigte das alte Faktotum Johannes seine Anwesenheit.
„Hat nichts genutzt, wie meinen sie das?“, wollte ich von dem alten Mann wissen.
„Wer ist denn tot? Sie, ich oder der Fürst? Und die Weiber sind uns ja gefolgt!“
Vorsichtig versuchte ich das Gehörte zu ordnen.
„Demnach waren der junge Fürst und seine Schwester Anfang Dezember auf dem heimatlichen Schloss und einen Tag nach der Abreise der Prinzessin ist der junge Fürst verschwunden. Er könnte ihr gefolgt sein! Seine ehemalige Gemahlin traf etwa zwei Wochen später auf Rammelburg ein. Wenn es danach zum großen Streit kam, musste die Prinzessin aber schon wieder zurückgekommen sein. Sie sagten drei Tage, nach dieser Auseinandersetzung haben die gesundheitlichen Probleme des Fürsten Heinrich begonnen. Sie glauben, der Tod des Fürsten habe etwas mit dem Streit zu tun?“
Antwort heischend sah ich in die Runde und erntete überall zustimmendes Nicken. Zweifelnd gab ich zu bedenken: „Gut, wenn es denn so wäre, bedeutet dass, der Fürst ist vergiftet worden.“
Jetzt wurde Doktor Fritz lebendig.
„Warum wohl habe ich ihnen geraten sich das Gesicht des Aufgebahrten genau anzuschauen. Ich habe bereits auf Rammelburg den Fürsten behandelt. Er bekam aus heiterem Himmel in regelmäßigen Abständen fürchterliche Anfälle. Seine Glieder zuckten unkontrolliert und er konnte kaum noch atmen. Eigenartigerweise verschwanden diese Anfälle genauso schnell wie sie aufgetreten sind. Haben sie bei dem Toten den bitteren Geruch wahrgenommen, der aus seinem Mund stieg? Der Saft der Tollkirsche hat einen solchen Geruch. Je nachdem, wie dieser Saft in anderen Getränken dosiert wird, kann er zu Halluzinationen oder auch zu solchen Anfällen führen, wie sie der Fürst hatte. Ich war mir sicher, dass

im Schloss Rammelburg jemand versuchte, Fürst Heinrich zu vergiften. Deshalb habe ich ihm geraten, das Schloss zu verlassen. Ich konnte nicht sofort mitreisen. Mein Spital musste zuerst versorgt werden. Deshalb nahm ich das Angebot der Prinzessin Isabella an, mit ihr gemeinsam ihrem Vater zu folgen."

Ich wurde stutzig.

„Moment einmal, ist denn die Prinzessin auch hier?"

Es war das Faktotum Johannes, der mich aufklärte.

„Ja und noch nicht einmal allein, die Nonne ist auch da. Sie haben die beiden Weiber vorhin in der Kapelle gesehen."

Mir fiel es wie Schuppen von den Augen. Die schwarzhaarige Schönheit im blauen Samtkleid musste die Prinzessin Isabella gewesen sein und die andere hagere Gestalt im dunklen Habit uns gegenüber die Nonne Elisabeth. Mir schwirrte der Kopf. Hergekommen war ich, um bei der Suche nach dem verschwundenen jungen Fürsten zu helfen. Gefunden hatte ich einen toten Fürsten, von dem der Doktor behauptete, er wäre vergiftet worden. Noch sträubte sich in meinem Inneren alles, um eine solche Möglichkeit als wahrscheinlich zu akzeptieren. Hätte es doch zur Folge, dass ein Mitglied der Familie der Meuchelmörder sein müsste.

„Herr Leutnant! Was soll mit den Särgen…!"

Ich erwachte aus meiner Versunkenheit. Was wollte das Faktotum Johannes von mir wissen?

„Ich wollte wissen, was mit den beiden Särgen im Hof geschehen soll, die sie mitgebracht haben."

Ich muss wohl Johannes angesehen haben, als sei ich nicht richtig bei Verstand. Denn er begann plötzlich zu kichern.

„Einen könnten wir gebrauchen. Doch für wen ist der zweite Sarg gedacht?"

Jetzt machte es endlich Klick in meinem Kopf.

„Johannes, die Särge gehören mir nicht. Sie waren auf dem Schlitten, als

wir in Erfurt eingestiegen sind."
Nun war es an Luise erstaunt zu fragen: „Wir? Herr Leutnant war allein in dem Schlitten!"
Ich wurde rot und begann umständlich von meiner Reisebegleitung zu erzählen. Beschränkte mich allerdings dabei nur auf die letzte Reise-Etappe. Trotzdem stellte ich an den schmunzelnden Gesichtern meiner Zuhörer fest, dass an meiner verharmlosenden Darstellung nicht so richtig geglaubt wurde. Es war Luise, die uns wieder zurück auf den Boden unserer Realität brachte.
„Bleibt immer noch zu klären, wem die beiden Särge gehören und wofür sie gedacht sind."
„Mir gehören die Särge. Ich habe sie auf der Herfahrt in Erfurt bestellt und nach Reinhardsbrunn schaffen lassen, damit mein Schwiegervater eine ordentliche Bestattung erhalten kann."
Niemand hatte gehört, wie die dürre Nonne die Bibliothek betreten hatte. Verdammte geschmierte Türen!
Dieser Fluch durchzuckte mein Gehirn. Gleichzeitig war ich mir sicher, dass diese Braut Christi schon länger an der Tür gelauscht haben müsste. Erst dann kam mir die Ungeheuerlichkeit ihrer Worte in den Sinn.
„Was sie da sagen bedeutet, dass sie schon Wochen vor dem Ableben ihres ehemaligen Schwiegervaters wussten, was passieren würde? Ich frage mich woher?"
Schnippisch antwortete die graue Gestalt: „Da bin ich nicht die Einzige. Mindestens die Wirtschafterin Luise war auch davon überzeugt. Warum sonst hätte sie ihren Buhlen nach Thüringen in dieses ketzerische Haus gebracht."
Ich konnte gerade noch verhindern, dass die dermaßen beleidigte Luise der Nonne Elisabeth in die Haare ging, aber die Wortkanonade war nicht zu verhindern.
„Du graue Ratte! Du bigotte Dörrpflaume! Ich bin zu keiner Zeit die Buh-

le des Fürsten gewesen! Aber du hast schon in deiner Hochzeitsnacht dem Fürsten Josef Hörner mit deinem Gott aufgesetzt."

Die Antwort ließ nicht auf sich warten.

„Hach! Warum hat er dir dann einen Heiratsantrag gemacht? Doch nur, weil dein Sohn Konrad aus seinen Lenden entsprungen ist."

Schlagartig war es in der Bibliothek still geworden. Über Luises Gesicht ging ein Strahlen. Elisabeth hatte keine Ahnung von der Wahrheit. Jetzt konnte sie ihr den Todesstoß versetzen.

„Es waren nicht die Lenden des Fürsten. Ihr Mann, Fürst Josef hat mich besprungen. Aus seinen Lenden ist Konrad entstanden! Und noch etwas, es hat mir auch noch Spaß gemacht."

Ächzend sank die Nonne in sich zusammen. Aber Luise kannte keine Gnade und fuhr spöttisch fort: „Dort, wo eine anständige Ehefrau ihrem Gatten den Erben hervorbringt, hast du nur das Pflanzloch für ein Kruzifix."

Wir drei Männer hatten Schwerstarbeit zu verrichten. Wobei plötzlich meine Rolle eine ganz andere wurde. Statt zu verhindern, dass sich Luise auf ein Mitglied des Zisterzienserinnenordens warf, sah ich mich mit einem Schlag als Schutzschild einer Frau vor dem Zugriff einer Harpyie. Mit diesem Vogel der griechischen Mythologie kämpften Doktor Fritz und Johannes. Gemeinsam zogen sie die Nonne am Chormantel zur Tür der Bibliothek. Niemand konnte hinterher sagen, wer Schuld hatte. Der Chormantel begann zu reißen und die Schleierhaube der Nonne entblößte einen kahl geschorenen Schädel. Im ersten Moment entstand eine lähmende Stille, dann ertönte ein markdurchdringender Schrei und Elisabeth war aus der Bibliothek entschwunden. Betreten schauten wir uns an. Schließlich räusperte sich Doktor Fritz.

„Bleiben immer noch die Fragen zu klären, für wen soll der zweite Sarg sein und wurde der alte Fürst vergiftet oder nicht?"

Luise, die sich so gar nicht über ihren Sieg zu freuen schien, seufzte tief

auf, griff in ihr Mieder und holte zwischen ihren Brüsten ein klein gefaltetes Papier hervor. Es war mit einer dicken Kordel fest verschnürt und trug auf der Rückseite das in Wachs gedrückte Siegel des Hauses Fondi.
„Herr Leutnant, am Tag vor seinem Tod drückte mir Fürst Heinrich dieses Papier in die Hand. Ich sollte es seinem Freund dem Generalfeldstabsarzt Andreas Cothenius, übergeben, wenn er es aus irgendeinem Grund nicht selbst tun könne. Ich denke, wenn ich es ihnen übergebe ist der Inhalt in den richtigen Händen. Ob sie es öffnen wollen oder mit nach Berlin nehmen, müssen sie entscheiden."
Nachdenklich schaute ich auf das zusammengefaltete Pergament, welches nicht größer war, als meine eigene Handfläche. Allerdings hatte ich große Hände, gestählt durch jahrelanges Fechten mit dem Säbel. Ich war mir nicht sicher, sollte ich das Pergament öffnen oder nicht. Es war das alte Faktotum Johannes der mir die Entscheidung erleichterte.
„Herr Leutnant, wenn sie es nicht öffnen, verpassen wir möglicherweise die Chance herauszufinden, warum der Fürst sterben musste und sein Sohn verschwunden ist. Wenn es nur zur Lösung von einer dieser beiden Fragen verhilft, wäre der Bruch des Siegels auch dann noch zu vertreten."
Johannes Meinung traf den Kern. Ich brach das Siegel und entfaltete das Pergament. Achtmal war das Schriftstück gefaltet. Ich begann zu lesen und merkte plötzlich, dass mich Doktor Fritz, Luise und Johannes mit großen vorwurfsvollen Augen ansahen. Sie hatten ja Recht, bis zu diesem Augenblick waren wir alle vier angetreten die Wahrheit heraus zu finden. Ich konnte sie also nicht vom Inhalt des Briefes ausschließen.

Lieber Studiosus, lieber Andreas,

ich habe damit gerechnet, Er wird mich nicht mehr lebend antreffen. Die Botin ist die Dame meines Vertrauens. Mehr noch, ich hätte, wenn sie gewollt hätte, ihr mein Leben zu

Füssen gelegt. Aber sie hat einen Sohn, meinem Enkel. Unser König hat mir den Fideicommiß erteilt. Ich darf ihn als Erben einsetzen, wenn mein Patrionatsgericht die Adoptionsurkunde unterschrieben hat.
Hält Er mein Schreiben in der Hand, hat dieser Akt nicht stattgefunden. Auch Er wird daran nichts ändern können. Nur mein Sohn Josef darf, wenn er sich bemüht, beim König um die Erlaubnis nachsuchen meinen Willen zu vollenden. Aber Josef ist verschwunden. Meine Bitte, Er möge ihn suchen, finden und veranlassen die Adoption zu vollenden. Er kann sich auf Herzog Ernst von Sachsen-Gotha-Altenburg verlassen. Seine Macht reicht weiter, als sein kleines Herzogtum vermuten lässt.
Ich habe noch eine Bitte. Sorge für meine Luise.

Dein immer mit Ihm verbundener Freund
Heinrich

P.S. Ich denke meine Person war jemandem im Weg

Es war ruhig geworden in der Bibliothek. Nein das stimmt nicht ganz. Luise saß in ihrem Sessel und weinte. Wir Männer konnten nur hilflos zusehen. Schließlich förderte Doktor Fritz aus seiner Hosentasche, interessante Neuheit die ich mir gelegentlich ansehen musste, ein riesiges Schnupftuch und reichte es der Wirtschafterin. Man musste schon sagen, diese Frau erstaunte mich mehr und mehr. War sie es doch, die uns wieder zum Handeln brachte.
„Wir müssen Josef finden. Er muss seinen Vater bestatten. Alles andere ist erst mal unwichtig."
„Nein, das stimmt so nicht!", protestierte sofort Doktor Fritz.

„Ja, wir müssen Josef finden. Also muss jemand nach Rammelsburg. Dort haben auch die Anfälle des Fürsten begonnen. Ich vermute, man hat ihm Tollkirschsaft unter die Mahlzeiten oder in die Getränke gemischt. Dieser Saft muss irgendwo im Schloss hergestellt worden sein. Diesen Ort gilt es zu finden."

Ich gab dem Doktor Recht, gab aber zu bedenken, auch hier im Schloss Reinhardsbrunn müssen die Meuchelmörder, sofern es sie gab, den Extrakt hergestellt haben. Außerdem, war es wichtig, den Leichnam des Fürsten einzubalsamieren, damit er die Zeit bis wir Josef gefunden haben übersteht. So regelte sich die Aufgabenverteilung von allein. Doktor Fritz blieb im Schloss Reinhardsbrunn und ich musste mich wieder einmal hinaus in die winterliche Natur begeben. Es gab für mich einen Trost, das Faktotum Johannes würde mich begleiten.

* * *

Es war spät geworden. Die Uhren im Schloss rückten Stück für Stück auf Mitternacht zu. Zeit die wenigen Stunden bis zum Tagesanbruch noch für eine Mütze Schlaf zu nutzen. Wenn mir heute Morgen beim Besteigen des Schlittens in Erfurt jemand gesagt hätte, dass ich lediglich eine einzige Nacht im Schloss Reinhardsbrunn nächtigen würde, ich hätte ihn ausgelacht.

Johannes führte mich wieder zur Wendeltreppe. Er ging langsam und zog immer noch das eine Bein etwas nach. Wie alt mochte er sein. Ich schätzte ihn auf über achtzig Jahre. Der gebeugte Rücken ließ diesen Schluss zu. Aber die Hand, welche den dreiarmigen Leuchter hielt, zitterte nicht den kleinsten Millimeter. Kein Tröpfchen Kerzenwachs verirrte sich auf die Treppenstufen. Johannes musste über eine bemerkenswerte Körperbeherrschung verfügen. Ich freute mich schon auf die nächsten Tage, die wir gemeinsam verbringen würden.

Mein Faktotum, wie ich ihn in meinen Gedanken immer öfter zu bezeichnen begann, öffnete in der zweiten Etage die Tür zu den Räumen, in welchem ich mich von der Reise erholen durfte. Immer noch spendete flackerndes Kaminfeuer eine wohlige Wärme. Im Nebenzimmer, meinem Badezimmer, lag ein wollenes Nachthemd auf dem aufgeschlagenen Bett. „Nebenan steht für sie ein Schlummertrunk bereit. Ich wünsche Ihnen eine ruhige Nacht. Bei Sonnenaufgang werde ich sie wecken. Ihre Gepäckrolle können wir morgen früh verladen."
Hörte ich da einen ironischen Unterton aus seinen Worten heraus? Ich glaube nein. Das bildete ich mir bestimmt nur ein. Schnell hatte ich mich meiner Kleider entledigt, das Nachthemd übergestreift, es war angenehm vom Kaminfeuer angewärmt, und widmete mich dem Schlummertrunk. Der Wein mit der blauroten Farbe schmeckte nach Brombeeren und war herrlich süffig. In der Karaffe war in kurzer Zeit der Boden zu sehen und ich hatte die richtige Bettschwere. Noch beim Einschlafen schwirrten mir aus den Gesprächen des Abends die Worte, Gift, Entführung, Meuchelmord durch den Kopf.

Nach und nach wurden sie durch ein anmutiges Gesicht verdrängt. Eisklare Augen versuchten in mein Gehirn einzudringen und vom ihm Besitz zu ergreifen. Ich vergaß mich zu wehren, oder ich wollte es gar nicht. Zuerst spürte ich die Last roter Haare, die sich über mein Gesicht legten, sodass vor meinen Augen absolute Dunkelheit herrschte. Ich war nur noch fähig zu fühlen und ich fühlte die Wiederkehr meines Traumes der vergangenen Nacht. Ich ließ mich fallen und kostete das, was mit mir geschah in vollen Zügen aus. Weit aus diesen nächtlichen Nebeln erreichte mich ihre Stimme, ich werde dich begleiten, ein Leben lang.

Viel, viel später wollte ich nach diesem Traum greifen ihn festhalten. Ich bekam Kleidung zu fassen. Sie war rau in meinen Händen. Nicht so zart, wie Zitas Wäsche. Mühsam schlug ich meine Augen auf. Mein Kopf brummte fürchterlich und Johannes brummte im sarkastischen Ton: „Herr

Leutnant verträgt wohl keinen Wein?“
Die Erinnerung an die vergangene Nacht traf mich mit voller Wucht. Ruckartig richtete ich mich auf. Von der Schläferin der Nacht keine Spur. Nur mein Kissen war eingedrückt und an vielen Stellen feucht. Hastig betrat ich den Salon nebenan und sah gerade noch, wie eine Magd die leere Weinkaraffe abräumte und zwei schmutzige Gläser in einem Korb verstaute.

4. KAPITEL

Auf Wöbelsburg

09. Januar 1780

Nachdem mein Faktotum Johannes am Morgen den zweiten Sarg im Keller des Schlosses Reinhardsbrunn verstaut hatte und Fürst Heinrich von Fondi im Ersten ruhte, hatten wir uns auf den Weg in den Harz gemacht. Auch diesmal nutzten wir einen Schlitten. Es war wärmer geworden. Johannes meinte, wir würden noch mehr Schnee bekommen. Für meinen Geschmack war schon reichlich genug gefallen. Aber irgendwie schien heute alles auf den Weg nach Erfurt zu sein, denn es reihte sich Schlitten an Schlitten.

Kurz entschlossen entschied sich Johannes unsere Route über Gotha zu nehmen. Mir war es Recht. Ich konnte dadurch eine Rast nutzen und auf Schloss Friedenstein versuchen den Herzog zu sprechen, um mich seiner Unterstützung zu versichern. Gegen Mittag erreichten wir Gotha. Unser Schlitten fuhr auf den riesigen Hof des Schlosses Friedensstein. Dort wurde unser Gefährt sofort von einer Meute bellender Hund empfangen, die ausgelassen im Schnee tobten. Zwei Männer benahmen sich wie kleine Buben und waren in dem Knäuel der sich balgenden Hunde kaum von ihnen zu unterscheiden. Seltsamerweise zeigten sich unsere Pferde von der Hundemeute unbeeindruckt. Johannes brachte unseren Schlitten zum stehen.

„Meine Herren, können sie mir sagen, wo ich Herzog Ernst finden kann?"
Die Balgerei im Hof war schlagartig beendet. Die beiden Männer richteten sich zu ihrer normalen Körpergröße auf und die zwölf Hunde legten sich friedfertig zu ihren Füssen in den tiefen Schnee.

„Wer will das wissen?“, bellte der Größere der beiden Männer.
Ich sah mir den Mann genauer an. Er war sehr schlank, noch betont durch den blauen Rock mit dem roten Stehkragen und der auffälligen Goldstickerei an den Ärmelaufschlägen und Rockkanten. Er trug braune Stiefel. Sein Gesicht zog mich sofort in den Bann, große, dunkle, intelligent blickende Augen, eine gerade, schmale Nase und ein bemerkenswerter Mund. So wie er vor mir stand, hatte ich sofort das Gefühl, einen Menschen von überdurchschnittlichem Wissen und zugleich von sinnlicher Lebensfreude vor mir zu haben. Zugleich legte ein energisches, fast spitzes Kinn Zeugnis von Durchsetzungsvermögen ab.

Ich erhob mich aus meinem Schlitten und beschloss mich diesem interessanten Manne vorzustellen. „Mein Name ist Tobias von Wenzel, Leutnant im 1. Leib-Husaren-Regiment...“
Weiter kam ich nicht, der Mann unterbrach mich an dieser Stelle.
„Ach, da kommt Er wohl von meinem Schlösschen Reinhardsbrunn?“
Jetzt war es an mir, verblüfft zu sein. Mein Gesprächspartner war der Herzog, wie mir sofort klar wurde, bemerkte es mit gewissem Amüsement.
„Ich bin informiert, dass mein Freund Fürst Fondi militärischen Besuch erwartet. Es wurde mir zwar ein anderer Name avisiert, trotzdem gehe ich davon aus, dass sie der Besucher sind. Was mich allerdings neugierig macht, warum machen sie mir ihre Aufwartung?“

Mir wurde sofort klar, Herzog Ernst hatte keine Ahnung vom Ableben seines Freundes Heinrich. Ich stieg vom Schlitten und noch während unseres Händedruckes begann ich ihm vom, wie wir meinten, unnatürlichen Tod des Fürsten zu informieren. Die gesamte Zeit stand der andere Mann direkt neben uns und hörte, ohne sich in unser Gespräch einzumischen, aufmerksam zu.

Er war das absolute Gegenteil des Herzogs. In einem schwarzen Talar gekleidet, etwas kleiner von körperlicher Gestalt, auch fülliger gebaut mit rundem Gesicht, wenn die Schatten eines starken Bartwuchses nicht

störend wären, könnte man denken, einem gemütlichen Menschen gegenüber zu stehen. Dafür sprach auch der kräftige Mund, mit den freundlichen Falten in beiden Mundwinkeln. Dem Manne saß der Schalk im Gesicht. Ich mochte ihn auf Anhieb. Mein Interesse für seinen Balgereigesellen blieb dem Herzog nicht unverborgen.
„Herr Leutnant, darf ich Ihnen meinen Freund im Geiste vorstellen, der Jesuitenpater Adam Weishaupt. Doch lassen sie uns ins Schloss gehen. Dort können wir ihre weiteren Pläne beraten und gleichzeitig eine kleine Stärkung zu uns nehmen."

Die nächste Stunde sollte sich zu einer der angenehmsten in meinem bisherigen Leben gestalten. Was der Herzog als kleine Stärkung bezeichnete stellte sich als Gaumenschmaus aus gebratenem Fasan, gerösteten Wildschweinkeulen und kräftigem Bier heraus. Neben der Betätigung meiner Kaumuskulatur wurde ich ausgiebig genötigt, alle bekannten Einzelheiten zum Ableben des Fürsten zum Besten zu geben. Wertvoller war für mich, was mir von Seiten des Herzogs als Hilfe zugesagt wurde, und der Brief des Mitbegründers der Illuminaten Adam Weishaupt an seinen Geistesbruder Karl Anton von Bila von der Wöbelsburg im Südharz. Dieser Brief war insofern von Wichtigkeit, weil ich den Major der Magdeburger Füsiliere in der Berliner Silvesterrunde kennen gelernt hatte. Er war ein alter Kampfgefährte des Husaren-Generals von Ziethen in der Schlacht um Zeuthen. Ich durfte also mit seiner vollen Unterstützung rechnen. Was aber auch nicht zu unterschätzen war, er wohnte nicht weit entfernt von meinem Ziel.

Wir benötigten drei Tage um die Wöbelsburg zu erreichen. Johannes Vorhersage traf voll ein. Es waren Tage, an denen der Schneesturm nur selten Pause machte. Johannes und ich waren froh, wenn wir an den Tagesenden rechtzeitig eine warme Unterkunft fanden. Schließlich hatten wir den Kamm der Hainleite erreicht. Genau in diesem Moment hörte der Schneesturm auf sein Unwesen zu treiben. Die Wolken rissen auf und erste Sonnenstrahlen tasteten sich langsam zur Erde herunter. Im kalten Licht der Nachmittagssonne lag die Wöbelsburg vor uns. Es waren mehr oder weniger die Reste einer Burgmauer und eines Bergfrieds sowie ein stattliches Gutshaus. Auf dem Hof herrschte lebhaftes Treiben. In der Nähe eines größeren Stalles hatten Soldaten etwa fünfzig Pferde auf eine provisorische Koppel getrieben. Zaumzeug und Sättel lagen in Reih und Glied auf dem Koppelzaun. Die Soldaten waren also schon länger hier. Johannes ließ die Peitsche knallen und unser Schlitten wurde schneller und schneller. Es ging ja auch bis zur Burg leicht bergab. Der ehemalige Burggraben war trocken, das Torhaus abgerissen, aber die Holzbrücke sah frisch repariert aus. Offensichtlich hatte man unsere Ankunft bereits bemerkt. Denn zwei Knechte bemühten sich sofort um unsere Pferde und auf der Freitreppe zum Gutshaus empfing uns eine Magd mit einem Tablett, auf welchen es aus zwei Bechern dampfte.

Ich griff erneut nach einem dieser Becher, aus dem mir der herzhafte Duft eines Würzweines in die Nase stieg. Da bekam ich einen Schock. Unter der Haube der Magd ringelten sich rechts und links zwei dicke Zöpfe. Die Haare des Mädchens waren tiefrot und zwei eisblaue Augen blickten mich spöttisch an.

„Willkommen auf Burg Wöbelsburg. Herr Oberst von Bila bittet ihn zu entschuldigen, aber er kann sie zurzeit nicht selbst empfangen."

Die Magd oder wer das auch immer war, wartete eine Antwort nicht ab, sondern drehte sich dem Hause zu und ließ uns zwei Männer mit den heißen Bechern Würzwein allein auf der Treppe zurück. Ich blickte unserer Schenkin nachdenklich hinterher.

Wie kommt Zita hierher? Warum tut sie so, als würde ich ihr fremd sein? Sie muss mich doch erkannt haben, oder hat diese Frau am Ende mit meiner Zita gar nichts zu tun? Aber diese Augen, wie die mich immer ansehen. Solche Augen kann es doch nicht zweimal geben. Weiter kam ich mit meiner Grübelei nicht. Wir hatten das Gutshaus betreten und standen in

einer großen Diele. Von allen vier Wänden kündeten allerlei ausgestopfte Jagdtrophäen von der Leidenschaft des Gutsbesitzers. Zur rechten Seite der Diele stand eine hohe Tür sperrangelweit offen, aus der jetzt eine dröhnende Stimme erschallte. „Treten sie näher meine Herren, auf dass mein Haus noch voller werde."
Wir folgten der Aufforderung und betraten den Raum, aus dem die Stimme erschallte. Nun sahen wir auch, warum der Hausherr uns nicht selbst empfangen hatte. Er saß in einem Lehnstuhl, das linke Bein dick bandagiert auf einer gepolsterten Fußbank.
„Ein Reitunfall meine Herren. Setzen sie sich und verraten sie mir Woher? Wohin und Weshalb? Ich bin für jede neue Geschichte äußerst dankbar."
Wir folgten seiner Einladung. Dabei zog ich den Brief von Adam Weißhaupt hervor, auf dem die Minerva-Eule prangte. Erklären konnte ich es nicht, aber in dem Moment wo der Oberst den Brief in der Hand hielt, änderte sich die Atmosphäre im Raum. Obwohl im Kamin ein kräftiges Feuer loderte, legte sich eine eisige Luft über uns. Ich fror, obwohl Zita uns erneut heißen Würzwein nachschenkte. Fragend musterte ich die Magd. Dann trafen sich unsere Blicke. Sie trat neben mich und beugte sich zu mir herunter. Leise flüsterte sie in mein Ohr.
„Grübeln sie nicht weiter, ich heiße Gertrud."
Sprachs und verschwand aus dem Raum, mich vollkommen perplex zurücklassend.
Woher weiß diese Frau, dass in meinem Kopf für sie ein anderer Name kursiert? Oder werde ich verrückt? Sehe ich plötzlich in allen Frauen meine Zita weil ich mir wünsche, dass sie wieder vor mir stehen würde?
Ich wurde aus meiner Grübelei gerissen. Major von Bila schwenkte seinen Brief, den er in der Hand hielt, in der Luft.
„Mein Freund Adam schreibt, sie wollen auf das Schloss Rammelburg? Er teilt mir weiter mit, dass der alte Fürst tot ist und der Junge vermisst wird. Gut! Dann werden sie einige Tage meine Gäste bleiben!"

Ich schaute den Major verwundert an.
„Wir hatten eigentlich die Absicht gleich weiter zu reisen. Ich muss mich im Schloss umsehen, ob es irgendeine Spur vom Fürsten Josef gibt."
„Nichts da! Sie bleiben hier auf Wöbelsburg."
Der Major langte neben seinen Sessel und brachte eine Glocke hervor, mit der er heftig zu läuten begann. In wenigen Minuten wimmelte es im Raum. Vier Offiziere, Gertrud und zwei Mägde, dazu ein Knecht und eine weitere Frau, die ich bisher noch nicht zu Gesicht bekommen hatte.
„Fähnrich Morgenstern, sie reiten in einer Stunde nach Magdeburg. Ich werde ihnen ein Schreiben an Gouverneur von Stotternheim mitgeben. Er muss wissen, dass ich den preußischen Teil des Majoratslehens des Fürsten besetze. Danach kommen sie nach Rammelburg. Auf seinem Rückritt macht er bei den Kürassieren in Aschersleben Station und informiert Oberst von Seelenhorst über die Lage. Sagen sie ihm, dass ich die Hilfe seiner Kürassiere benötige. Machen sie sich reisefertig."
„Leutnant Effinger, sie nehmen einen Zug Husaren und reiten nach Schloss Rammelburg. Sie sorgen dafür, dass bis zu meiner Ankunft niemand das Schloss betritt oder verlässt. Arretieren sie jeden, der meinem Befehl zuwider handelt.
Major von Winter sie machen ihre Eskadron Braunschweiger einsatzbereit. Ich will in drei bis vier Tagen nach Rammelburg aufbrechen. Bis dahin lässt er mir einen anständigen Schlitten herrichten. Dabei wird ihnen mein Pferdeknecht Karl behilflich sein.
Sie, Leutnant Hanson, werden meinem Gast Leutnant von Wenzel nicht von der Seite weichen. Es sei denn, er beabsichtigt seine nächtliche Ruhe zu pflegen. Da wären wir bei ihr und ihrem Gesinde. Gertrud, sie werden dem Leutnant und seinem…"
Hier stockte Anton von Bila plötzlich und sah mich fragend an.
„Was ist er eigentlich, der da mit ihnen reist. Im Brief steht nichts vom ihm."

Ich stockte nur kurz, dann erklärte ich unter grinsen: „Das ist Johannes, der Haushofmeister des alten Fürsten Heinrich."
Ob ich damit mein Faktotum ungerechtfertigt befördert hatte, wusste ich nicht, aber Johannes schien zufrieden.
In der Zwischenzeit hatte von Bila seine unterbrochene Anordnung wieder aufgenommen. „Also werden sie zwei angemessene Gemächer für die Herren herrichten."
Erstaunlich, innerhalb kürzester Zeit erfüllten sich Bilas Anordnungen ohne nur den Anschein von Hektik erkennen zu lassen. Es gab nur einen Mann auf der Burg Wöbelsburg, dem diese konsequente Umsetzung der Befehle des Majors nicht gefiel, das war ich. Ich hatte neben meinen eigenen, einen weiteren Schatten in Gestalt des Leutnants Hanson. Er nahm seinen Auftrag zu meinem Leidwesen sehr ernst.

Ich war deshalb froh, als am 12. Januar 1780 Major von Winters Eskadron der Braunschweiger Husaren über die alte Holzbrücke donnerte. Mitten im Pulk zwei Schlitten. Im Ersten fuhr warm eingepackt der Gehbehinderte Major der Magdeburger Füsiliere Karl Anton von Bila und im Zweiten saß ich und zu meiner riesengroßen Überraschung meine „Zita" Gertrud.

5. KAPITEL

Hexengeflüster

13. Januar 1780

Haben sie schon einmal mit einem Menschen in einem Schlitten gesessen, den sie zu kennen glaubten, obwohl das schier unmöglich war? Ich musterte die Frau, welche sich Gertrud nannte unauffällig. Zu mindestens dachte ich, es wäre unauffällig. Je länger ich das Gesicht der Mundschenkin des Majors betrachtete, umso vertrauter erschien es mir. Die roten Löckchen, die sich unter dem Rand der Pelzkappe durchzwängten und den bleichen Teint zusätzlich betonten. Winzige braune Sommersprossen drängten sich, wie damals in der Kutsche, über der schmalen Nase und den atemberaubenden Mund meinte ich bereits geschmeckt zu haben.

„Sehe ich ihr ähnlich?"

Zitas, nein Gertruds eisblaue Augen durchbohrten meinen Kopf. Ich war zu Tode erschrocken. Kann denn diese Meisterin der Krüge und Becher Gedanken lesen? Zu einer Antwort kam ich nicht.

„Die Frau, die sie in mir suchen, muss sie sehr beeindruckt haben. Geben sie mir ihre linke Hand!"

Als ich nicht sofort reagierte, griff sie einfach an mein Handgelenk und zog meine Hand auf ihren Schoß. Erst jetzt bemerkte ich Gertruds lange spitzen Fingernägel, mit denen sie nun langsam den Linien in meiner Linken folgte. Ich schloss meine Augen, genoss das prickelnde Gefühl ihrer sanften Berührungen und lauschte ihrer leicht singenden Stimme.

„Du wirst ihr wieder begegnen. Sehr oft sogar. Trotzdem wird sie nie dein Leben mit dir teilen. Sie wird dagegen immer das ihre mit dem deinigen teilen, solange du ihr die Treue halten wirst. Versuche nie sie zu finden, denn sie wird dich finden, wenn du sie brauchst. Die Frau deiner Träume…“

Die Stimme meiner schönen Reisegefährtin brach mit einem Male ab. Gleichzeitig spürte ich die Kälte des Wintertages mit übergroßer Deutlichkeit in den Schlitten dringen. Nur mühsam gelang es mir meine Augen zu öffnen. Was ich sah, erschreckte mich. Gertrud saß neben mir und von ihren Augen zogen Tränen eine schmutzige Spur über die Wangen, an den Mundwinkeln vorbei bis hinab zu ihrem zauberhaften Kinn, um dort infolge der Kälte zu Eis zu erstarren.

Ich zog ein großes Schnupftuch aus meinem pelzgefütterten Dolman und begann ihr Gesicht vorsichtig zu trocknen. Plötzlich warf sie beide Arme um mich und presste sich heftig an meinen Körper. Ich kam mir total hilflos vor. Und neben dem Schlitten ritten die Husaren, und keiner nahm von uns Notiz.

Wie lange ich Gertrud in meinen Armen hielt, konnte ich später nicht sagen. Aber mir kam die Zeit wie eine Ewigkeit vor. Was mich allerdings noch mehr verwirrte, ich glaubte den Körper meiner Zita in den Armen zu haben. Trotz der winterlichen Kleidung spürte ich mir wohlbekannte Rundungen, roch den Duft der Nacht im Erfurter „Alten Schwan“ so deutlich, als wäre ich noch dort. Ich wagte mich nicht zu bewegen, aus Angst den Zauber zu vertreiben. Vielleicht aber auch davor, eine Antwort auf die Tränen zu bekommen. Ich war mir sicher, eine solche Antwort würde mir nicht gefallen.

Es war Gertrud, die mir meine Illusion nahm. Genauso impulsiv, wie sie sich in meine Arme geflüchtet hatte, löste sie sich von mir. Wieder traf mich die eisige Kälte mit voller Wucht. Schlagartig wurde mir klar, dass dies jedes Mal geschah, wenn ich den Körperkontakt zu meiner Reisegefährtin verlor. Verwundert versuchte ich nach ihr zu greifen. Aber die Frau neben mir schien selbst zu Eis erstarrt. Die roten Löckchen hatten eine schmutzig braune Farbe angenommen. Ihr Gesicht, fast weiß, verlor

die lustigen braunen Sommersprossen und durch ihre Augen meinte man hindurch sehen zu können. Unnatürlich klirrend formten sich Worte aus ihrem kirschroten Mund.
„Such den Grund für den Tod des Fürsten Heinrich bei der Kuttenträgerin. Ihre Spur beginnt auf Schloss Rammelburg und wird vor den Toren der alten Residenz Weimar enden. Wenn es an der Zeit ist Josef zu finden, werde ich dich zu ihm führen. Aber er wird dir wieder verloren gehen und mit ihm wird seine Sippe im Nebel der Zeiten verschwinden."

* * *

Die Gestalt in der grauen Kutte gab sich große Mühe keine Geräusche zu verursachen. Der Gang, in welchen sie sich befand, erlaubte ihr, die nicht sehr groß gewachsen war, gerade aufrecht zu gehen. Auch in der Breite, er maß gerade zwei Fuß, hatte die Frau kaum Bewegungsfreiheit. Bereits die vierte Nacht verbrachte die Nonne in diesen Gängen. Auch klebrige Spinnweben, in denen fette Fliegen und eklige Käfer aller Art nur noch aus trockenen Schalen bestanden, konnten die graue Gestalt von ihrem Forschungsgeist nicht abhalten. Stück für Stück untersuchte sie das Mauerwerk.

Einen Anhaltspunkt für ihre Suche hatte sie in ihrem eigenen Gemach gefunden. Es war mehr oder weniger Zufall gewesen, dass sie auf diese Geheimgänge im Schloss gestoßen war. Auch eine Nonne musste sich hin und wieder einer Körperreinigung unterziehen. Solches hatte Elisabeth vor. Im Kloster gewöhnt für sich selbst zu sorgen, betrat sie die Schlossküche. Es war ihre Art sich wie ein Schatten zu bewegen. So konnte es geschehen, dass der Lakai, der das Wasser für den Husarenleutnant vorbereitete, die Nonne nicht wahrnahm.

Elisabeth klemmte sich in die dunkelste Ecke des verwinkelten Raumes. Es war die Stimme ihres Gottes, der ihr dieses Verhalten befahl. Zu mindestens hielt sie ihre Eingebung dafür. Egal wer ihr den Rat eingeflüstert hatte, es war ein guter Rat. Den nur so sah sie, wie der Lakai direkt neben dem gemauerten Herd in eine Mauerfuge griff und der gesamte Herd schwang lautlos um neunzig Grad, eine dunkle Öffnung freilegend, in welcher der Lakai samt zwei Eimern mit kochend heißem Wasser verschwand. Noch ehe die Nonne ihn erreichte war, der gesamte Herd wieder an seinem ursprünglichen Platz.

Wütend stampfte Elisabeth mit ihren Füßen auf den Küchenboden. Einmal, Zweimal, sie horchte, dann noch einmal, unter diesem Boden musste es einen Hohlraum geben. Elisabeth beschloss sich zurückzuziehen. In Windeseile erreichte sie ihr eigenes Gemach. Nun begann sie zu suchen. Stück für Stück tastete sie die Fugen um ihren Kamin herum ab. Bereits die dritte Kerze war herunter gebrannt und die steinerne Eule auf dem Kaminsims schaute höhnisch auf das ratlose Frauenzimmer.

Ausgerechnet in diesem Moment fiel mit einem lauten Krachen und heftigem Funkenflug der Holzstapel im Kamin in sich zusammen und erschreckte die Nonne bis ins Mark. Ihr kam es vor, als würde die Eule ihre Not mit keckerndem Gelächter bedenken. In Rage schnappte sie sich den Feuerhaken und schlug den vermeintlichen Spötter in hundert kleine Einzelteile. Der Erfolg war wahrlich durchschlagend. Ihr Kamin begann sich knirschend zu bewegen. Nur ein Fußbreit. Dann war Ruhe. Gepackt zwischen rasender Neugier und nagender Angst, wagte sie einen Schritt in Richtung des schmalen dunklen Spaltes zwischen Wand und Kamin.

Kalte, modrige Luft schwappte ihr entgegen. Der Spalt ließ sich mit den Händen nicht weiter öffnen. Da erinnerte sie sich, wie ihr Schlag nach der Eule zum Auslöser der Bewegung des Kamins wurde. Sie untersuchte die Reste der Skulptur. Schnell fand sie den Drehmechanismus heraus. Nun war es einfach, den Spalt soweit zu öffnen, dass sie durchschlüpfen konnte. Eine Kerze musste her und nun konnte die Erkundung des Geheimganges beginnen.

Eine Schrecksekunde hatte die Nonne noch zu überstehen. Denn hinter ihr fiel die Geheimtür mit dumpfen Plumps zu. Die Nerven verlor Elisabeth nicht. Sie wusste, wo sie die Türspalte zu suchen hatte und so vergingen nur wenige Minuten, bis sie auch von Innen den geheimen Öffnungsmechanismus entdeckte.

Die letzten Nächte verbrachte Elisabeth damit, alle Türen aus dem geheimen Gang aufzuspüren. Auf einem Papierbogen zeichnete sie die Gänge auf und notierte die Anzahl der Schritte zwischen den gefundenen Türen. Bald erkannte sie die Systematik des Baumeisters. Nun war es lediglich eine Frage der Zeit, bis sie eine umfängliche Übersicht aller geheimen Zugänge zu den Räumen des Schlosses besaß. Die meisten Zimmer des Schlosses waren unbewohnt, viele nicht einmal eingerichtet.

Dort, wo sich in den Gängen nur wenige Spinnweben von einer Wand zur anderen spannten und der Boden nicht fingerdick mit Staub und Dreck belegt war, fand sie die Türen sehr schnell. Das Personal des Schlosses nutzte demnach die Gänge häufig. Endeten die Fußspuren vor einer Wand, lag dahinter ein genutztes Zimmer. Elisabeth hatte bisher alle gefunden, außer der Geheimtür zu Isabellas Gemach. Gerade das musste sie aber finden. Es war wichtig zu erfahren, ob ihr die Tochter des toten Fürsten einen Strich durch ihre eigenen Pläne machen könnte. Außerdem erhoffte sie sich, etwas über das unerklärliche Verschwinden ihres Ehemannes Josef zu erfahren.

Es war wie verhext. Trotz intensiver Suche fand sie keine weiteren Spuren, die irgendwo vor einer Mauer endeten. Noch einmal musterte sie ihre eigenen Aufzeichnungen und versuchte sich die Lage der Zimmer ins Gedächtnis zu rufen. Die Nonne war sich sicher, dass hinter der Mauer, an der sie gerade Fuge für Fuge abtastete, das gesuchte Gemach zu finden sei. Viel Zeit hatte sie aber nicht mehr, denn die Morgenstunden näherten sich unaufhörlich und dann hätte sie erneut einen Tag, besser eine Nacht, verloren.

Elisabeths Kerze begann zu flackern. Sie war fast herunter gebrannt. Vorsichtig stellte sie den Kerzenhalter auf den Boden. Hastig griff sie in die Tasche ihrer Kutte und zog eine neue Kerze hervor. Vorsichtig richtete sie den Docht auf, um ihn an der Flamme des herunter gebrannten Stummels anzuzünden. Es musste schnell gehen, sonst würde sie im dunklen stehen. Elisabeth kannte die Gänge zwar inzwischen sehr genau, hatte aber keine Lust sich im dunklen zurück zu ihrem Gemach zu tasten.

Die neue Kerze brannte. Die Nonne drückte sie in das noch warme weiche Wachs und wartete bis es sich verfestigt hatte. Die Flamme kam nicht zur Ruhe. Aufgeregt flackerte sie ständig schräg nach vorn rechts. Es dauerte eine Weile, ehe Elisabeth begriff, dass sie die Lage der Geheimtür gefunden hatte. Nun war es nur noch eine Frage der Zeit, bis sie den Schließmechanismus entdeckte. Doch angesichts der fortgeschrittenen Zeit beschloss die Nonne ihren Besuch bei der Tochter des Fürsten auf die nächste Nacht zu verschieben. Das gab ihr zugleich die Gelegenheit einige Tropfen ihres Elixiers in das abendliche Getränk Isabellas fließen zu lassen.

So wird sie einen tiefen gesunden Schlaf haben, wenn ich zu ihr komme. Den Tag werde ich nutzen, um mir den Ring meines verhassten Schwiegervaters zu holen.

Zufrieden rieb sich die Nonne ihre Hände. Ihre Pläne begannen sich Schritt für Schritt zu verwirklichen. In Dankbarkeit faltete sie ihre spindeldürren Finger zum Gebet. Sank im Staub des Geheimganges auf ihre Knie und begann um den Beistand der Jungfrau Maria zu bitten, ihr auf dem letzten Abschnitt ihres Weges zur Äbtissin des Klosters Marienstern beizustehen.

* * *

In den schwarzen Bergen des Harzes erreichten Anton von Bila, Tobias von Wenzel und die grünen Braunschweiger Husaren den kleinen Ort

Güntersberge. Im dichten Schneegestöber ging die wilde Fahrt über die Viktorshöhe hinunter in Richtung Alexisbad. Von dort nutzten wir den Hauptweg nach Mansfeld südlich des Eichberges. Nun ging die Hatz der Eskadron und unserer Schlitten quer durch den tief verschneiten Wald zum Kohlberg hinauf. Es war nicht mehr weit bis Schloss Rammelburg, dessen Zinnen bereits zu erkennen waren. Aber dieses letzte Wegstück bedeutete in dieser Jahreszeit eine gewaltige Gefahr für Reiter und besonders für Schlitten, wie die unsrigen. Es war eine gefährliche Strecke. In engen Serpentinen schlängelten sich ganz schmalen Pfade an steilen Felsenkanten entlang. Aus dem Grund rauschte trotz der eisigen Kälte immer noch die wilde Wipper bis hier hoch an den Weg.

Die Husaren ritten schon seit geraumer Zeit einer hinter dem anderen. Da hatten es unsere Schlittenführer wesentlich schwerer dafür zu sorgen, dass nicht eine Kufe über den linken Rand der Schlucht hinaus rutschte. Würde dies passieren, stürzte der Schlitten unweigerlich in die Tiefe. Es konnte nicht mehr weit sein, bis wir den Schlosshof von Rammelburg erreichen würden. Plötzlich tauchte im dichten Tanz der Flocken mitten auf dem schmalen Weg ein Reiter auf. Einige der Husaren hatten den Säbel bereits blank gezogen. Da hob der Mann erschrocken beide Hände über den Kopf und rief: „Pardon! Ich bin Leutnant Effinger. Herr Major, wir erwarten sie bereits. Folgen sie mir!“

Nach wenigen Metern tauchte der hohe Torbogen zum Schlosshof auf. Hier, im Schutze des Schlosses und seiner Seitenflügel büsste der Schneessturm sofort seinen bedrohlichen Charakter ein. Zwar tanzten einzelne Schneekristalle vom Himmel, aber kein Sturm zerrte an unserer Kleidung, keine Eiskristalle bissen in das Gesicht. Aus einigen Fenstern leuchteten Kerzen tröstlich in diese inzwischen dunkle Winterlandschaft und versprachen wohlige Wärme.

Vom Stall her näherten sich mehrere Männer mit brennenden Pechfackeln und bald verschwand ein Pferd nach dem anderen hinter den brei-

ten Holztoren. In wenigen Minuten herrschte auf dem Hof eine Ruhe, als wäre nie eine Eskadron Husaren eingetroffen. Uns selbst empfing im Schloss eine wohltuende Atmosphäre. In den Kaminen brannten wärmeverbreitende Holzscheite, und Leutnant Effinger hatte es verstanden in wenigen Minuten für alle einen Glühwein zur Begrüßung zu servieren. Ich nahm mir vom Tablett zwei der kleinen Becher, um sie meiner Reisebegleitung zu reichen. Aber ich konnte Gertrud nirgendwo entdecken.
„Leutnant Effinger, haben sie Gertrud gesehen?“
Der Braunschweiger sah mich verdutzt an.
„Welche Gertrud meinen Sie?“
„Na die Mundschenkin des Majors, die mit mir in meinem Schlitten gereist ist.“
Da mischte sich Major von Bila, der meine Frage gehört haben musste, in unser Gespräch ein.
„Was soll das, Herr Leutnant, sie sind allein gereist. Ich habe überhaupt keine Mundschenkin.“
Jetzt war ich es, der an seinem Geisteszustand zu zweifeln begann, konnte ich mich doch an jedes Wort, welches ich mit Gertrud gewechselt hatte erinnern. Ganz zu schweigen von ihrer körperlichen Nähe, die ich immer noch zu spüren glaubte. Schließlich erbarmte sich Johannes meiner. Herr Leutnant sollte sich etwas hinlegen, die Fahrt war sicher sehr anstrengend. Unter dem mitleidigen Gemurmel meiner Reisegefährten bugsierte er mich aus dem Raum, zwei Treppen hoch in ein warmes gemütliches Gemach. Dolman, Tschako, Stiefel und all das andere unnützige Zeug, mit dem sich ein Husar behängen musste, warf ich achtlos auf einen der Sessel und warf mich so wie ich war auf mein Bett. Es dauerte auch nicht lange und ich war fest eingeschlafen.

* * *

Zwölfmal hallte ein dunkler Gongschlag durch mein Gemach. Aber er war es nicht, der mich geweckt hatte. Eine zärtliche Hand liebkoste meine Wangen. Ich schlug meine Augen auf. Diesmal war ich mir sicher. Zita stand an meinem Bett und zeichnete gerade mit ihren Fingern die Konturen meines Gesichtes nach. Ich hatte nicht gehört, wie sie mein Gemach betreten hatte. Aber das war mir auch egal. Die Hauptsache sie war wieder bei mir. Ich wollte nach ihr greifen und sie zu mir herunter ziehen. Aber meine Arme waren schwer wie Blei. Zita verfolgte amüsiert meine Versuche. Schließlich legte sie ihren rechten Zeigefinger auf ihre herrlichen Lippen und bedeutet mir leise zu sein. Mir blieb nur übrig ihrem Willen zu folgen.

Ohne Worte griff sie jetzt in ihr Mieder und zog eine kleine Papierrolle aus dem Spalt zwischen ihren herrlichen Brüsten hervor. Sorgsam begann sie es aufzurollen.

Wieso konnte ich die Buchstaben erkennen, obwohl im Raum keine Kerze brannte. Woher kam das fahle Licht?

Zita hielt mir das Papier vor meine Augen. Ich wollte nicht lesen. Mich bewegten andere Fragen. In meinem Kopf überschlugen sich Gedanken und Ideen, wie ich Zitas erneutes Verschwinden verhindern konnte. Ich wollte sie festhalten. Sie sollte bei mir bleiben. Aber es war wie verhext. Ich sah, ich dachte, aber bewegen konnte ich mich nicht. Nun wurde Zita, die noch nicht ein einziges Wort mit mir gesprochen hatte ungeduldig. Wütende Blitze aus ihren eisblauen Augen schienen es mir ratsam zu sein, mich dem Schriftstück zuzuwenden.

Eigentlich war es nur ein Fetzen Papier. Er musste eine herausgerissene Seite eines alten größeren Folianten sein. Vor vielen Jahren hatte eine weibliche Hand mit akkurater Schrift ein Schönheitsrezept darauf fest gehalten.

Dieses Rezept sollte ich lesen.

Für die schöne Dame

Suche in den Fluren und Wäldern nach der Staude, die man Tollkirsche nennt. Grabe sie aus und presse aus der Wurzel den Saft in ein tönernes Gefäß.
Nimm eine weiche Feder vom Sterzel eines Wasservogels. Tauche sie vorsichtig in den Saft und träufele dir einen Tropfen in dein Auge. Du wirst sehen, dein Auge wird groß und wird glänzen.
Die Männer werden dir zu Füßen liegen.
Vorsicht! Achte darauf, dass nie ein Tropfen oder gar mehrere in deine Becher fallen. Du würdest Herzrasen bekommen und deine Lungen würden platzen.
Denke daran, Schönheit und Tod liegen sehr eng beieinander.

Zita lächelte nicht, sondern ihr Blick drang in meinen Kopf und ich meinte zu hören, wie sie mir befahl hier in diesem Schloss nach dem Ort zu suchen, an dem der Saft für schöne Frauen gewonnen wurde. Ich bekam keine Gelegenheit nach dem Warum zu fragen. Ein flüchtiger Kuss verschloss meine Lippen.

Der Tag dämmerte bereits, als ich schweißgebadet erwachte. Ich war allein. An den Fenstern wuchsen Eisblumen. Mühsam schwang ich meine Beine vom Bett. Da raschelte es neben mir. Ich hielt einen Fetzen Papier in der Hand, auf dass eine weibliche Hand ...

6. KAPITEL

Kräuterbuch und Totenkopfring

Die letzten Tage im Januar 1780

Major von Bila und ich saßen in der Bibliothek und grübelten über das rätselhafte Rezept nach, welches mir Zita zugesteckt hatte. Da schlug die hohe Tür auf und Johannes, den Arm voller Papierrollen, zwängte sich herein. Sofort verströmte das schmutzige Papier einen modrigen Geruch im Raum. Aus mehreren dieser Rollen hingen staubige Reste von Spinnenweben herab. Johannes selbst sah aus, als hätte er sich gerade aus einem solchen Netz befreit.

„Was schleppst du denn da an?", wollte ich von ihm wissen.

Johannes lies die Rollen auf den Schreibtisch fallen. Dabei verursachte er eine Staubwolke, die sich sofort bei unseren Atemorganen Einlass zu verschaffen wusste. Am schlimmsten erwischte es den Aktenholer selbst. Er langte nach seinem riesigen Schnupftuch, welches ihm schon halb aus der Hosentasche ragte und befreite sich von den heftig reizenden Staubkörnchen in der Nase. Erst danach war er in der Lage uns zu antworten.

„Ich war unten im Gewölbe. Dort hat der Fürst diese Zeichnungen vom Bau des Schlosses aufbewahrt. Ich denke, sie werden uns helfen, den Raum zu finden, in welchem der Tollkirschensaft gewonnen wurde."

Ich war der gleichen Meinung wie der Major, als dieser vor sich hin brummte. „Was nutzt es uns, wenn wir wissen wo das Zeug hergestellt wurde. Wir müssen herausfinden, wer vom Tode des Fürsten profitiert und warum ausgerechnet sein Erbe spurlos verschwunden ist. Vielleicht hat er etwas mit dem Giftmord zu tun. Wenn es überhaupt einer war."

Johannes räusperte sich.

„Herr Major, ich muss ihnen widersprechen. Durch den Doktor wurde eindeutig festgestellt, dass der Fürst am Gift der Tollkirsche gestorben ist. Es steht auch weiter fest, dass ihm dieses Gift über längere Zeit verabreicht worden sein muss. Deshalb gehe ich davon aus, dass der Anschlag bereits hier im Schloss geplant und vorbereitet wurde. Ich glaube, wenn wir die Stelle finden, wo der Saft der Tollkirsche gewonnen wurde, finden wir auch Hinweise, wer es getan hat.“

Major von Bila lenkte ein.

„Dann zeigen Sie einmal ihre Pläne her. Wie wollen sie denn vorgehen?“

„Zuerst werden wir alle Räume kennzeichnen, die wir zuordnen können. Die anderen suchen wir dann systematisch ab.“

„Und wonach suchen wir denn?“

Jetzt wurde ich lebendig und konnte meine Kenntnisse an den Mann bringen.

„...eine Feuerstelle, größere Glaskolben, die mit Röhren verbunden sind. Die ganze Anlage kann man eigentlich kaum verbergen.“

Bila nickte verstehend.

„In Ordnung. Sie und Leutnant Effinger werden nach der Giftküche suchen. Sie informieren mich, wenn sie etwas gefunden haben. Ich selbst werde mich um das Majoratslehen, zu mindestens um den preußischen Teil, kümmern.“

Die nächsten Stunden hockten wir über den verstaubten Plänen des Schlosses.

* * *

Mehrere Tagesreisen nach Westen lag das Schloss Reinhardsbrunn im tiefen Winterschlaf. Vorsichtig schlich die Nonne Elisabeth die Flure und Etagen entlang, horchte hier an einer Tür und dort an einer anderen. Sie musste sicher sein, dass alle Schlossbewohner schliefen. Aus der Bibliothek ertönte laut der dumpfe Schlag des alten Regulators. Erschrocken er-

starrte Elisabeth in der dunkelsten Ecke des weitläufigen Flures zur Salzsäule. Acht, neun, zehn, elf, zwölf Schläge hallten, wie Elisabeth meinte, dröhnend durch das Schloss. Es war Mitternacht und es blieb ruhig.
Kichernd rannte die Nonne zurück in ihr Gemach. Verschloss die Zimmertür von innen. Den großen überdimensionalen Schlüssel hatte sie der Wirtschafterin des alten Fürsten vor ein paar Tagen gestohlen. Nun steckte er quer im Schloss. Niemand würde ihre Tür von außen öffnen können. Zufrieden rieb sich Elisabeth ihre Hände.

Nun öffnete sie den schweren bemalten Kleiderschrank. Auf einem Holzbügel hing eine weitere, aus Lodenstoff genähte Kutte. Sie war offensichtlich für kalte Tage vorgesehen und dazu ein dunkelgrauer, handgestrickter Schal. Aber dafür hatte die Nonne keinerlei Interesse. Sie begann auf dem Boden des Schrankes herumzukramen. Unter allerlei Tüchern und Lappen legte sie nach und nach einen Folianten frei. Er war schwer und die Nonne hatte ganz schön zu tun, um ihn aus der Tiefe des Schrankes an die Oberfläche zu hieven.
Endlich lag er auf dem Tisch ihres Gemaches. Genüsslich zog die Nonne die Luft durch ihre Nase.
Dich werden sie suchen und ich will, dass du gefunden wirst. Aber dort wo sie dich finden, gehörst du nicht hin. Die dich finden sollen das aber glauben.
Sorgsam schlug Elisabeth das Buch in eine dünne Decke ein. Pedantisch achtete sie darauf, dass die eingestickten Initialen MJC gut zu lesen waren. Dann klemmte sie sich das Paket unter den Arm und eilte mit wenigen Schritten zum Kamin. Ein kurzer Griff zur Eule auf dem Sims des Kamins und der Weg zu den Geheimgängen lag geöffnet vor ihr.

Heute hatte die Nonne vorgesorgt. Ein Windlicht stand bereit. Die Kerze war schnell angezündet und schon schlurfte die Kuttenträgerin zielsicher den Geheimgang entlang. Bald stand sie vor der Mauer hinter der sich das Ziel ihrer Begierde befand. Bereits in den vergangenen Nächten hatte sie diese Stelle mit einem Kreidekreuz gekennzeichnet.

Vorsichtig stellte sie ihr Windlicht einige Schritte entfernt auf den Boden des Ganges und legte ihr Paket daneben. Danach schlurfte sie zurück zum Kreidekreuz. Lange mussten ihre Finger nicht nach dem Mechanismus suchen, mit dem man die Geheimtür öffnen konnte. Jetzt begann der kritische Teil ihres Unternehmens. Alles hing davon ab, ob ihr Schlaftrunk für die Tochter des Fürsten seine Wirkung getan hatte.

Lautlos schwang die Geheimtür zu Isabellas Gemach auf. Die Nonne bewegte sich nicht und hielt den Atem an. Ruhige gleichmäßige Atemzüge einer Schlafenden durchdrangen das Dunkel des Raumes. Zufrieden lächelnd erweiterte Elisabeth den Spalt der Geheimtür soweit, dass sie problemlos durchschlüpfen konnte. Es war warm im Schlafzimmer Isabellas. Im Kamin brannten die letzten Flammen eines Feuers, welches noch so viel Licht in den Raum warf, dass die Nonne genug erkennen konnte. Isabella lag in ein rotes, schulterfreies Nachtgewand gekleidet auf dem Himmelbett. Die Bettdecke war zu Boden gerutscht. Ihre rechte Hand ruhte auf ihrer Brust, als wolle sie noch im Schlaf ihre wertvolle Halskette schützen. Aber für diesen weltlichen Tand hatte die Nonne kein Auge. Wohl aber für das wunderschöne bleiche Gesicht der Schlafenden, welches noch durch das sie umrahmende blauschwarze Haar betont wurde. Lange blickte die Nonne schweigend in dieses madonnenhafte Antlitz. Dann zischte sie zwischen ihren Zähnen: „Du stehst mir im Weg, aber ich kann dich nicht töten. Du musst es selber tun.“
Dann drehte sich Elisabeth um ihre eigene Achse, huschte zum Spalt der Geheimtür. Mit wenigen Schritten war sie bei dem Paket mit dem Folianten und wieder zurück in Isabellas Gemach. Zielsicher steuerte sie auf eine Truhe zu, in der Isabella ihre Unterwäsche aufbewahrte. Grinsend dachte die Nonne: Es hat seine Vorteile, wenn man weiß, dass du mehr Unterwäsche besitzt, als du jemals benötigen wirst. So wird dieses Buch unter deinen Höschen und Miedern mein Geheimnis bleiben, bis ich es

für richtig halte, dass es gefunden wird.
Zufrieden verließ sie Isabellas Gemach. Wenig später kündeten tiefe Atemzüge, dass die Nonne in einen festen Schlaf versunken war.

* * *

Auch im Schloss Rammelburg lag noch alles, außer den zwei Wachposten der Husaren, im tiefen Schlaf, als sich vom Tal herauf ein Schlitten näherte. Der Husar, der unter dem Torbogen den Hofeingang bewachte, hörte schon lange bevor der Ankömmling zu sehen war, kleine Glöckchen bimmeln. Aufmerksam richtete er seinen Blick auf die Felsnase, hinter welcher der Gast auftauchen müsste. Noch hatte die Nacht das Land fest im Griff. Aber die Sterne am klaren Winterhimmel begannen bereits zu verblassen. Trotzdem spendeten sie zusammen mit der geschlossenen weißen Schneedecke so viel Licht, dass die letzten Meter bis zum Eingang zum Schlosshof gut einsehbar waren.

Als der Schlitten um die Felsnase kam, riss der Husar seine Augen vor Überraschung weit auf. Statt des erwarteten Pferdes bog ein zugegebener Maßen riesiger Ziegenbock auf das letzte Teilstück der Straße zum Schloss ein. Zwei kleine hell bimmelnde Glöckchen am Halsband des Tieres erweckten nun auch das Interesse des zweiten Wachpostens, der im Laufschritt den Hof überquerte.

„Ich kenne diese Frau. Sie ist Mundschenkin bei Major Bila."
Nun erst registrierte der erste Husar den Schlitten, der vom Ziegenbock gezogen wurde. Es war einer der kleinen Holzschlitten, wie sie hier von den Waldbauern verwendet wurden. Er bot der in dicken grünen Loden gekleideten Frau gerade genug Platz. Eine braune Pelzkappe konnte nicht verhindern, dass sich rote gelockte Haare unter dem Rand der Kappe hervordrängten. Das seltsame Schlittengespann nahm von den beiden Wachposten keine Notiz und fuhr an ihnen vorbei. Wenn später jemand die

beiden Husaren fragen würde, warum sie nicht nach dem Begehr der Frau gefragt hätten, würden sie ihr Handeln, oder besser Nichthandeln, kaum erklären können.

* * *

Trotz der langen Nacht über den Plänen des Schlosses war ich heute Morgen schon sehr früh auf den Beinen. Dagegen fiel es Leutnant Effinger wesentlich schwerer seine Augen zu öffnen. Aber ich hatte mit meinem Offizierskameraden kein Pardon. Endlich war auch er soweit, dass wir in die Küche gehen konnten, um uns für die Suche nach der Giftküche, wie wir sie gestern getauft hatten, zu stärken. Noch ehe wir die Küchentür öffneten, kam uns schon der Duft gebratenen Specks entgegen und ließ uns das Wasser im Munde zusammenlaufen.

Außer einer Mamsell, die mit dem Rücken zu uns am Herd stand, war kein Mensch da. Für uns standen zwei Teller auf dem blank geputzten Holztisch. Von diesen Tellern kam der Geruch des Specks. Leutnant Effinger war der Schnellere von uns beiden. Ich wurde kurz von der Rückansicht der Mamsell abgelenkt. Einen Moment glaubte ich diesen Körperteil zu kennen. Schließlich setzte ich mich ebenfalls und begann zu essen.

„Wollen die Herren Leutnants nichts trinken?“

Ich fuhr wie vom Pferd gebissen herum. Diese Stimme kannte ich. Also hatte mich mein Gefühl von vorhin nicht getäuscht. Die Küchenmamsell war Zita. Fast hätte ich die Bank, auf der ich saß, umgestoßen, so hastig bin ich aufgesprungen. Doch sie in meine Arme zu nehmen, dazu kam ich nicht. Denn zwei eisblaue Augen zwangen mich stehen zu bleiben und die folgenden Worte der Mamsell verstörten mich endgültig.

„Guten Morgen, Herr Leutnant. Mich kennen sie bereits. Ich bin die Gertrud von der Wöbelsburg und habe ihnen Frühstück zubereitet.“

Kraftlos knickten mir die Knie ein. Ein Wunder, dass ich die Bank nicht verfehlte. Während ich lustlos an meinem gebratenen Speck herumstocherte, ließ ich die Küchenmamsell nicht aus den Augen. Deshalb rauschte auch erst einmal Leutnant Effingers Frage an meinem Ohr vorbei. Doch allmählich erreichten die Worte doch meine außer Dienst gestellte Denkwerkstatt.

„Was, was haben sie da von Major Bila gesagt?“
Effinger sah mich merkwürdig an und wiederholte seine Worte ganz langsam, als würde er mit einem begriffsstutzigen Menschen reden.

„Hat unser Major nicht eindeutig verneint, eine Mundschenkin mit dem Namen Gertrud zu haben?“

Nach kurzer Pause fuhr er fort: „Mit dem Weib stimmt etwas nicht. Wir sollten sie festsetzen und den Major informieren.“
In mir sträubte sich alles. Meine Zita einsperren? Da war es wieder. In meinem Kopf war die Frau immer Zita. Effinger hatte Recht. Wir mussten klären, was es mit der geheimnisvollen rothaarigen Frau, die sich Gertrud nannte und aussah wie Zita, auf sich hatte. Ich nickte Effinger zu. Fast gleichzeitig erhoben wir uns vom Tisch und nahmen die Küchenmamsell zwischen uns.

Fast rüde herrschte Effinger die Frau an.
„Machen sie keine Scherereien und folgen sie uns!“
Gertrud oder Zita lächelte nur und hielt uns beide Hände entgegen.
„Wollen mir die Herren vielleicht die Hände binden, bevor sie mich ins Verlies werfen?“
Wir machten von ihrem Angebot kein Gebrauch, steuerten aber auf die Treppe zu, die zum Gewölbe hinunter führte. Erst als Gertrud ihren Fuß auf die oberste Stufe setzte, wurde mir mit einem mal klar, dass nicht wir die Frau zum Verlies führten, sondern, dass sie es war, die uns zum Gewölbe führte.
Dann ging alles sehr schnell. Ehe ich reagieren konnte, war das Weib

schon mehrere Stufen hinunter geeilt. Im Bemühen die Ausreißerin einzufangen, behinderten wir uns gegenseitig. Effingers Säbel geriet zwischen meine Oberschenkel und ich verlor die Balance. Verzweifelt suchten meine Hände nach einem Halt, der mich vor dem Treppensturz bewahren konnte. Ich bekam ihn in die Hand. Es war Effingers Säbel. Ein Fehlgriff. Denn nun segelten wir beide im trauten Miteinander die Treppe hinunter, an deren Fuße uns eine feixende Rothaarige empfing.
Mühsam richteten wir uns auf, klopften den Staub aus unseren Uniformen. Glauben sie mir, davon war sehr viel vorhanden. Danach wollten wir uns unserer Gefangenen widmen.

Doch unser Erstaunen war groß. Gertrud hatte sich in nichts aufgelöst. Es war Effinger, der auf eine Tür direkt neben unserer Aufprallstelle deutete.
„Dort muss sie hinein geflüchtet sein. Wenn sie tiefer ins Gewölbe geflohen wäre, hätten wir es gemerkt."
Vorsichtig drückte ich die schwere Klinke nieder. Die Tür war nicht verschlossen, aber in dem Raum dahinter war es stockdunkel. Ich zog die Tür wieder zu. Noch einmal wollte ich mich nicht von dem Weib überraschen lassen.
„Effinger wir brauchen eine Fackel oder zumindest eine Kerze."
Mein Kompagnon reagierte prompt. Zwei Stufen auf einmal nehmend stürmte er die halbe Treppe empor, die wir gerade im Sturzflug bewältigt hatten. Dort steckte eine brennende Fackel in einem eisernen Halter. Effinger schien nicht so benommen zu sein wie ich. Denn ich hatte diese Fackel bis jetzt nicht bemerkt. Nun öffnete ich die Gewölbetür erneut einen Spalt. Der Eingangstür gegenüber teilten zwei quer stehende Regale das Gewölbe. Rechts und links vorbei konnte man den anderen Teil des Raumes erreichen.

Effinger streckte die Fackel Stück für Stück tiefer in den Raum. Von Gertrud war nichts zu sehen. Ich öffnete die Tür ganz. Nun drang das

Licht ungehemmt in den Raum und wurde zehnfach zurückgeworfen. Aus zahlreichen Glaskolben, die in Reih und Glied im ersten Regal gestapelt waren, blinkte Effingers Fackel uns entgegen. Ganz unten entdeckte ich eine Batterie Kerzen, die alle samt von einem halbkreisförmigen, blank geputzten Blech umgeben waren. Effinger war schon dabei, sie mit Hilfe seiner Fackel zu entzünden. Im Raum wurde es fast taghell. Denn die Bleche verstärkten den Kerzenschein erheblich.

Das erste, was wir feststellten, unsere gesuchte Person war nicht im Raum. Schon wollten wir gehen, als mir auf einem der beiden langen Holztische die Anordnung mehrerer Glaskolben und Röhren auffiel. Neugierig ging ich dem langen Tisch entgegen. Da entdeckte ich eine dreibeinige Schale, in der jede Menge verbrannter Asche lag. Auf dem Fußboden neben dem Tisch stand ein Jutesack mit frischer Holzkohle. Wir hatten durch Zufall die Giftküche gefunden. Oder war das gar kein Zufall?

Jedenfalls begannen wir systematisch das relativ große Gewölbe zu untersuchen. Zuerst die Regale. Auf dem obersten Brett des ersten Regals fanden wir Flaschen, die alle möglichen Flüssigkeiten enthielten.
Im Mittelfach die bereits entdeckten Glaskolben und Röhren, sowie Klemmen, Schraubzwingen und andere nicht immer gleich zu bestimmende Werkzeuge. Im unteren Fach fanden sich jede Menge Krüge und Töpfe, allesamt verschlossen.

Das zweite Regal war auf dem obersten Boden dreigeteilt. Links stapelten sich vertrocknete Wurzeln. Man hatte sie mit verschiedenfarbigen Bändern gekennzeichnet. In der Mitte hingen von der Decke zwei Stäbe parallel zueinander, an denen etwa zwanzig getrocknete Kräuterbündel baumelten und rechts standen zahlreiche Döschen, die alle mit verschiedenfarbigen Pulvern gefüllt waren.
In den beiden anderen Fächern des zweiten Regals standen dicht gedrängt zahlreiche kleine Keramikfläschchen, die irgendeinmal auch mit lesbaren Buchstaben beschriftet waren. Effinger schien es regelrecht Spaß zu

machen aus diesen Bruchstücken wieder vollständige Wörter zu machen.

Für mich war das nichts. Ich beschäftigte mich mit den Gerätschaften, welche auf den beiden Tischen aufgebaut waren. Die Asche in der Schale lag bestimmt schon mehrere Wochen darin, denn ihr Rand war kunstvoll in ein Spinnennetz eingewebt. Auch auf den anderen Apparateteilen bewies eine unberührte Staubschicht, dass seit längerem kein Mensch in diesem Gewölbe gearbeitet hatte. Allerdings sprachen da die Spuren auf dem Fußboden eine andere Sprache. Jemand hatte von der Tür bis zum Nachbartisch eine breite Schleifspur hinterlassen. Diese Person muss zielstrebig auf diesen Arbeitstisch zugegangen sein und nach einer exakten Kehrtwendung die Giftküche wieder verlassen haben. Was mag sie gesucht haben? Ich nahm den Tisch genauer ins Visier. Zuerst fiel mir nichts Besonderes auf. Doch dann bemerkte ich auf der Platte einen quadratischen dunklen Fleck. Er war etwa einen Fuß breit und genauso lang. Auch hier gab es Staub. Aber bei weitem nicht so dick, wie auf der übrigen Platte oder auf dem anderen Tisch mit der Apparatur. Plötzlich ging mir ein Licht auf.

Ein Buch! Ein Buch hat hier gelegen. Was mag wichtiges in diesem Buch gestanden haben?

„Ich hab's!“ Leutnant Effingers Ruf hallte laut durchs Gewölbe.

„Woher wollen sie wissen, welches Buch hier gelegen hat?“, wollte ich von ihm erfahren.

„Von welchem Buch sprechen Sie? Ich weiß von keinem Buch“, fragte Effinger zurück und trat neben mich. Ich zeigte auf den dunklen Fleck.

„Ich dachte sie wissen welches Buch dort gelegen hat, als sie riefen, ich habe es.“

Leutnant Effinger begann zu lachen: „Nein, ich meine dieses Fläschchen hier.“ Damit präsentierte er mir eine fingerlange dunkelbraune Keramikflasche, an der seltsamerweise kaum ein einziges Staubkörnchen zu finden war.

„Haben sie diese Flasche abgewischt?“
„Nein, die habe ich schon so gefunden“, stellte Effinger fest.
„Aber schauen sie, was hier auf dem Etikett steht.“
Dabei zeigte er mir ein graues, sich bereits an den Rändern lösendes Papier auf dem noch einzelne Buchstaben entziffert werden konnten.

B l ad na

„Ja und, was wollen sie damit?“
Ich konnte keinen Zusammenhang mit unserer Suche herstellen.
„Schauen sie genau hin“, forderte er mich erneut auf.
„wenn sie sich in die Lücken ein e, ein weiteres l, ein o und noch ein n vorstellen, kommt dabei Belladonna raus. Wir haben das Gift gefunden, mit dem der Fürst langsam getötet wurde. Jetzt fehlt uns nur noch der oder die Giftmischerin.“

* * *

In den Wäldern um Schloss Reinhardsbrunn wollte es nicht richtig hell werden. Tief hing der Nebel um das Schloss und erlaubte nicht einmal einen Blick über den zugefrorenen Teich. Elisabeth war das Recht. Ihr heutiges Vorhaben bedurfte keines Zeugen. Auf jeden Fall musste dafür gesorgt werden, dass ihr der Doktor und die Wirtschafterin Luise nicht in die Quere kam. Doch wie konnte man diese misstrauischen Menschen aus dem Schloss entfernen. Die Nonne entwarf einen Plan nach dem anderen und verwarf jeden wieder genauso schnell. Da wurde sie abgelenkt.

Im Schlosshof entstand heftiger Lärm. Neugierig eilte Elisabeth aus ihrem Gemach. Vier Männer wurden gerade von der rothaarigen Wirtschafterin begrüßt. Elisabeth kannte keinen von Ihnen. Deshalb verbarg sie sich im Schatten einer Säule, um erst einmal ungestört lauschen zu können. Schnell hatte sie herausgefunden, dass einer der Ankömmlinge der Besitzer des Schlosses war. Schon wollte Elisabeth aus dem Schatten der Säule hervortreten und sich als Schwiegertochter des Toten zu erkennen geben, da bremsten die Worte des Herzogs den Vorwärtsdrang der Nonne urplötzlich.

„Frau Luise, das ist mein Freund Adam Weishaupt, sorgen sie für eine angemessene Unterkunft."

Elisabeth wurde bei der Nennung des Namens kreidebleich. Sie hatte diesen Mann noch nie in ihrem Leben gesehen, aber er war Gesprächsstoff vieler, vieler Tage im Kloster Marienstern gewesen. Und sie fürchtete sich vor ihm und seinen Fähigkeiten, die einem Illuminaten zu eigen sein sollten. Ihr war sofort klar, weshalb dieser Mann gerade jetzt im Schloss Reinhardsbrunn auftauchte und dass sie sofort handeln musste. Deshalb entschloss sie sich die Tochter des Fürsten, Isabella, in ihre Pläne einzuweihen. Zumindest in einen Teil ihrer Pläne. Hastig eilte sie zu ihrem Gemach, klopfte kurz an der Tür und betrat Isabellas Reich. Die Nonne musste sich nicht groß orientieren. Sie war schon mehrmals hier, wenn auch bei Nacht. Nur dieses Mal schlief Isabella nicht. Sie stand im Morgenmantel, mit dem Rücken zur Tür, vor ihrem Schreibsekretär und drehte sich wegen der Störung empört herum.

Doch ehe sie ihren Protest in Worte fassen konnte, erkannte sie die Eingedrungene. Blitzschnell ließ sie einen Gegenstand in den weiten ihres Morgenmantels verschwinden und herrschte die Nonne an: „Was erlaubst du dir, mich am frühen Morgen so unangemeldet zu stören!"

Doch Elisabeth ließ sich nicht aufhalten und wurde rabiat.

„Halt deinen hochwohlgeborenen Mund und höre, was ich dir zu sagen habe. Herzog Ernst ist eingetroffen. Aber das ist nicht das Schlimmste. In seiner Begleitung befindet sich ein Mann, der wegen deinem Vater nach Reinhardsbrunn gekommen ist. Ich habe ihn zu meiner Hochzeit mit Josef kennen gelernt. Er heißt Adam Weishaupt. Der Mann will den Ring deines Vaters."

Noch während der letzten Worte versteifte sich Isabellas Körper. Krampfhaft versuchte sie ihre Fassung wieder zu gewinnen.
„Was will er mit Vaters Ring?“
„Du weißt es nicht!“, jubelte die Nonne.
„Was soll ich nicht wissen?“
Die Nonne blickte ihre Schwägerin nachsichtig an. Gleichzeitig drehten sich ihre Gedanken rasend im Kopf.
„Diese dumme Pute weiß nicht, dass der Ring ein Schlüssel zu einem geheimen Schrein ist. Und dass dieser Schrein bereits vor mehreren Jahren hierher ins Schloss gebracht wurde. Diesen Schrein will ich haben. Bestimmt hat der alte Fürst sein Geld vor den preußischen Majoratsherren in Sicherheit gebracht. Ich kann das Geld sehr gut gebrauchen. Doch was sage ich jetzt der Isabella? Auf keinen Fall die Wahrheit.“
„Der Ring enthält ein Gift. Ich denke, daran ist der alte Fürst gestorben. Nun will der Mann das Gift beseitigen.“
Schlagartig war Isabella beruhigt. Sie wusste bereits seit langer Zeit, dass in diesem Totenkopfring kein Gift war. Sondern dass sich in einem der beiden Knochen ein winziger Schlüssel verbarg. Aber damit konnte man den Schrein nicht aufschließen. Er war für etwas völlig anderes gedacht. Dieses Geheimnis kannte die Frau ihres Bruders nicht und würde es auch nicht von ihr erfahren. Aber dass der Mann nach dem Ring suchte, war für Isabella gar nicht ungünstig. „Soll er doch den Ring verschwinden lassen. Ich brauche den Ring nicht.“
Nun wurde Elisabeth nervös, denn das Gespräch verlief überhaupt nicht in ihrem Sinne.
„Willst du nicht dieses Erbstück deines Vaters für dich retten. Ich helfe dir es aus der Kapelle zu bergen, ehe der Fremde es findet. Bestimmt retten wir auch dadurch ein Beweismittel für seinen Gifttod. Wenn der Leutnant zurück kommt, übergeben wir ihm diesen Totenkopfring.“
Lange sah Isabella ihre Schwägerin schweigend an. Es schien als wäge

sie ihre Antwort gründlich ab. In Wahrheit erkannte sie in diesem Moment, dass Elisabeth ebenfalls über das Geheimnis des Ringes Bescheid wusste. In ihrem Kopf formte sich ein Plan, der sie mit großer Befriedigung erfüllte.
„Wir holen den Ring. Jetzt sofort.“
Während Isabella zur Tür eilte, machte Elisabeth einige Schritte zum Kamin und blieb wie angewurzelt stehen, als sie Isabellas Frage traf.
„Wo willst du hin? Wir müssen zur Schlosskapelle. Der Kamin brennt auch ohne neues Holz noch eine Weile.“
Verlegen senkte sie ihren Blick auf den Fußboden. Doch dann gab sie sich einen Ruck. Die Nonne hielt es für besser, ihr Wissen um die Geheimgänge zu teilen. „Wenn wir dort durch diese Tür hinausgehen, laufen wir unweigerlich dem Hausherren und seinen Gästen über den Weg. Wenn du mit mir kommst, werden wir ungesehen vor allen anderen an der Kapelle sein.“
Stirnrunzelnd beobachtete Isabella, wie Elisabeth am Kamin eine der fünf dort liegenden Fackeln entzündete, die Geheimtür öffnete, sie in den aufgetanen dunklen Spalt zog. Dann eilte die Nonne ohne sich umzusehen den Gang entlang. Sie wusste, Isabella würde ihr folgen. Wer bleibt schon gern allein im Dunklen zurück. Keinen einzigen Gedanken verschwendete sie darauf, dass Isabella über das Vorhandensein dieser geheimen Gänge nicht verwundert war.

* * *

Auf Schloss Rammelburg herrschte große Aufregung. Die beiden Husarenleutnants wurden seit mehreren Stunden vermisst. Niemand hatte sie gehen sehen und im Schloss waren sie auch nicht zu finden. Major Bila fluchte vor sich hin.
Müssen sich die beiden Herren gerade jetzt verdünnisieren, wo dieser

kurfürstliche Pfaffe angekommen ist.
Das Ärgernis aus Bilas Gedanken saß in einem der schweren ledernen Sessel in der Bibliothek. Hielt seine Hände über dem beachtlichen Bauch gefaltet. Das runde, um nicht zu sagen fette Gesicht, sah den Major freundlich an.

Der wiederum saß wie auf Kohlen, denn noch immer hatte er keine Nachricht vom Gouverneur in Magdeburg. Auch von den Kürassieren aus Aschersleben, die ihm Fähnrich Morgenstern mitbringen sollte, war nichts zu sehen.

Dagegen war er sich vollkommen im Klaren, dass der dicke kurfürstliche Bischof Clemens Wenzeslaus von Sachsen nicht zufällig nach Rammelburg gekommen ist. Doch was wollte er? Bila sollte nicht lange im Unklaren bleiben. Der Dicke räusperte sich und begann in einer monotonen Litanei zu reden.
„Uns ist zu Ohren gekommen, dass der Fürst von uns gegangen ist. Nach unserer Kenntnis ist damit Fürst Josef der Herr auf Rammelburg und damit der Untertan des Kurfürsten. Ich möchte in seinem Namen mit ihm über seine Pflichten als Lehensherr seiner Hoheit des Kurfürsten reden.“
Salbungsvoll beendete der Bischof seine Aufforderung. Major Bila ließ sich nicht täuschen. Er hatte die hinterlistigen Blicke des Pfaffen, die dieser aus seinen halb geschlossenen Augen schickte, gesehen.
Dem Bischof ist bekannt, dass Fürst Josef spurlos verschwunden ist. Diese Information kann er nur von der Schwiegertochter des Fürsten haben. Aber was will er hier?

Major Bila sollte nicht lange im Ungewissen bleiben. Als der Bischof vergeblich auf eine Reaktion des Majors wartete, verlor er die Geduld.
„Wir wissen auch, dass der junge Fürst vermisst wird. Ferner dürfte ihnen nicht unbekannt sein, dass Elisabeth von Regal in unser Kloster Marienstern eingetreten ist. Bis heute wurde für unsere neue Schwester keine Mitgift entrichtet. Ich denke darüber nach, der Ordensgemeinschaft

vorzuschlagen, Schwester Elisabeth als neue Äbtissin zu wählen. Der Kurfürst erwägt, dem Kloster Ländereien nahe Marienstern zu übereignen. Damit würde dem Kloster eine würdige Mitgift gesichert. Allerdings werden wir das Mansfelder Lehen sofort dem kurfürstlichen Ländereien wieder zuschlagen."

Der Bischof hatte gerade seine Forderungen ausgesprochen, da entstand im Schlosshof ein Heidenlärm. Das Echo hunderter Pferdehufe brach sich an den Mauern des Schlosses. Befehle schallten durch den Hof, Türen wurden aufgerissen und schlugen krachend zu. Dann stand auch schon Fähnrich Morgenstern in der Bibliothek und in seinem Gefolge Oberst von Seelhorst. Leutnant Effinger und ich hatten schnell mitbekommen, was hier oben los war. Aber wir wollten keinen Aufruhr und schoben uns deshalb leise in den mit Büchern vollgestopftem Raum.

Eigentlich gab es nur einen Menschen, dem diese Entwicklung nicht gefiel, und das war der sächsische Bischof. Er sah seine Felle davon schwimmen und er sollte Recht behalten. Fähnrich Morgenstern hatte dem Major ein Schriftstück übergeben. Demonstrativ hielt er dem Bischof das Siegel vor die Nase. Dem blieb gar nichts anderes übrig, als den preußischen Adler in all seiner Schönheit im roten Wachs zu bewundern. Das Gesicht des Majors überzog sich beim Lesen des Schreibens mehr und mehr mit einem heiteren Lächeln.

„Verehrter Herr Bischof, natürlich haben sie Recht, das Mansfeld ein Majoratslehen ist. Aber außer den Ansprüchen ihres Kurfürsten gehören erstens große Teile dieses Landes nach Preußen und zweitens haben wir bis heute keine Kenntnis davon, dass auch Fürst Josef nicht mehr unter den Lebenden weilt. Ach ja, noch ein Wort zu ihrer Nonne. Sie gehört zwar der katholischen Kirche an, aber die Ehe wurde nach protestantischem Recht geschlossen. Da aber die Dame ihre Ehe mit Fürst Josef nicht vollzogen hat, was ja auch, wie sie wissen dürften, der Grund für ihren Eintritt ins Kloster gewesen ist, wurde diese Ehe vor zwei Jahren vom Domänengericht des Herzogs von Ballenstedt ungültig erklärt. Erst dadurch war es erst möglich, dass sich Elisabeth mit ihrem Gott vermählen konnte. Es gibt also keine Erbansprüche mit ihrer Nonne zu klären. Wenn sie eine Mitgift für ihre Klosterkarriere braucht, rate ich das Geld woanders zu beschaffen."

* * *

Die Nonne hatte ihr Ziel erreicht. Wieder einmal öffnete sich eine Geheimtür und die beiden Frauen standen vor dem Eingang zur Schlosskapelle. In Hüfthöhe versperrte ein handbreiter Eisenriegel den Zugang. Im Mauerwerk hatten die Baumeister ein U-Eisen eingemörtelt, welches genau in den Schlitz des Riegels passte. Ein schweres Vorhängeschloss verhinderte, dass der Eisenriegel geöffnet werden konnte. Höhnisch fragte Isabella: „Was machen wir nun? Hast du vielleicht den Schlüssel?"

Wütend schleuderte ihr die Nonne entgegen: „Halt den Mund! Ich muss nachdenken."

Plötzlich drehte sie sich um, starrte auf die gegenüberliegende Wand und rannte zu ihr hin. Dort hingen in einer eisernen Vorrichtung mehrere Spieße, die wohl mehr zur Zierde gedacht waren, niemals aber als Waffenarsenal. Zurück geeilt, steckte sie den Schaft des mitgebrachten Spießes in den Verschlussbogen des Schlosses und versuchte mit aller Kraft den Verschluss aufzubrechen. Schon bald war das Sinnlose des Unterfangens zu erkennen. Weinend brach die Nonne vor der Kapellentür zusammen. Tief im Inneren Isabellas breitete sich das warme Gefühl grenzenloser Genugtuung aus. Aber einen Stoß wollte sie der ehemaligen Frau ihres Bruders noch verpassen. Auch wenn sie dadurch eines ihrer sorgsam gehüteten Geheimnisse offenbaren musste. Freundlich fasste sie Elisabeth an die Hand.

„Komm! Ich kenne noch einen anderen Weg."

Sie zog die Staunende wieder durch die Geheimtür in den Gang. Knirschend schloss sich der Spalt und hüllte den Gang in tiefe Finsternis. Doch gleich darauf ertönte das knirschende Geräusch erneut und buntes Licht fiel herein. Überrascht erkannte Elisabeth, dass die Kapelle offen vor ihr lag. Mit einem Schrei der Erleichterung sprang die Nonne zu dem aufgebahrten Fürsten. Griff hastig nach der Hand und versuchte die gefalteten Hände aufzubiegen.

Isabella war ihr nicht gefolgt. Sie lehnte zufrieden lächelnd an der Tür zum Geheimgang und beobachtete die Bemühungen der Nonne. Nach großer Anstrengung gelang es dieser, die rechte Hand, von der darunter liegenden Linken zu lösen. Dann hallte ein Schrei der Enttäuschung durch die Schlosskapelle.

„Der Ring! Wo ist der Ring? Man hat den Ring des Fürsten gestohlen." Noch immer stand Isabella an der offen stehenden geheimen Tür. Beide Hände tief in den Taschen ihres Morgenmantels vergraben. Die Linke umschloss ganz fest einen metallenen Gegenstand, dessen Formen sich tief in ihre Handfläche einbohrten.

7. KAPITEL

Im Schneesturm

01.März 1780

Bischof Clemens Wenzeslaus von Sachsen hatte das Schloss fluchtartig verlassen. Trotzdem war dem Major klar, dass sie unbedingt den Sohn des verstorbenen Fürsten finden müssen. Deshalb hatte er Oberst von Seelhorst, Leutnant von Wenzel, Leutnant Effinger und mein Faktotum Johannes in die Bibliothek gebeten. Während draußen unvermindert der Sturm tobte und immer neue Schneemassen vom Himmel schickte, war es in diesem Raum des Schlosses angenehm warm. Die Küchenmamsell hatte für die Männer einen Punsch gebraut, der aus dem Kessel angenehmen Heidelbeerduft verströmte. Während Effinger die Becher der Herren mit der Schöpfkelle füllte, fasste Major Bila zusammen.

„Wir haben den Ort gefunden, wo das Gift mit großer Wahrscheinlichkeit hergestellt wurde. Die Rezeptur muss aus einem Buch stammen, welches in der Giftküche verwendet wurde. Der Giftmischer oder die Giftmischerin hat dieses Buch wahrscheinlich an sich genommen. Wir müssen also nach dem Besitzer des Buches suchen. Unser zweites Problem, und mit jedem Tag wird das größer. Wir haben bis zum heutigen Tag keine Spur von Fürst Josef gefunden. Wie gehen wir weiter vor?“

Alle Augen richteten sich plötzlich auf mich. Ich versuchte meine Gedanken zu ordnen.

„Ich denke, man hatte bereits hier auf Rammelsburg begonnen den Fürsten solche Belladonna-Tropfen ins Essen oder Trinken beizumischen. So ist zu erklären, dass seine Beschwerden immer stärker wurden. Der Fürst muss etwas gemerkt oder zu mindestens geahnt haben. Deshalb einmal

der Hilferuf nach Berlin und zum anderen seine Flucht zu seinem Ordensbruder Herzog Ernst nach Gotha. Er sah demnach hier auf Schloss Rammelburg sein Leben bedroht. Ich vermute allerdings, seinen Mörder konnte er nicht abschütteln. Er muss also unter den Begleitern des Fürsten zu finden sein.“
Ich machte eine Pause und sah in der Runde allgemeine Zustimmung für meine Theorie. Das machte mir Mut.
„Überlegen wir einmal, wer gehörte zu seinem Gefolge. Da haben wir seine Tochter Isabella. Sie erbt durch den Tod ihres Vaters das Schloss Dobris in Böhmen. Dieses Schloss hat einst ihre Mutter mit in die Ehe gebracht. Es wäre so oder so einmal ihr Eigentum geworden. Also besteht nach meiner Auffassung kein Grund den Vater zu ermorden. Dann haben wir die Wirtschafterin Luise. Ihr Sohn ist aller Wahrscheinlichkeit ein Bastard des Fürsten Josef. Aber auch hier sehe ich kein Mordmotiv, denn der verstorbene Fürst hat das Kind anerkannt. Der Doktor Fritz scheidet von vorn herein aus. Er ist der Leibarzt des Fürsten gewesen und hat uns selbst auf die Vergiftungssymptome hingewiesen. Als letztes haben wir Elisabeth von Regal. Sie hat nach der Trauung mit dem Fürsten Josef den Vollzug der Ehe verweigert. Das war der Grund, warum Fürst Heinrich sie ins Kloster geschickt hat. Die Ehe ist offiziell vom Domänengericht des Herzogs von Anhalt als ungültig erklärt worden. Aber auch hier sehe ich kein Motiv für eine solche gemeine Tat.“

Nach meinen Worten herrschte nachdenkliche Ruhe in der Runde. Nur das Knacken der großen Holzscheite im Kamin und das plätschernde Geräusch, wenn Effinger Punsch in die leeren Becher nachgoss, störten hin und wieder die Stille. Endlich hob Bila seinen Kopf.
„Es nützt nichts, wenn wir den Giftmörder des Fürsten finden wollen, müssen wir nach Reinhardsbrunn. Der Mörder muss im Besitz des Buches sein, welches hier in der Giftküche verwendet wurde. Leutnant von Wenzel, sie reisen morgen zurück. Ich gebe ihnen Leutnant Hanson und

fünf Husaren mit. Wir bleiben hier und suchen weiter nach einer Spur von Fürst Josef. Wenn wir ihn finden, folgen wir ihnen sofort nach.“

Oberst von Seelhorst begann bereits eine Karte vom Harzer Land auf dem großen Eichentisch auszubreiten, als sich mein Faktotum Johannes räusperte.

„Ich hätte da so eine Idee, wo wir nach dem jungen Herrn suchen könnten. Früher, als junger Bursche hat er dort manche Nacht verbracht. Dabei zeigte er auf den Rammberg.

* * *

So brach der alte Hausdiener, eskortiert von einem Zug der Ascherslebener preußischen Kürassiere, am 02. März 1780 mit einem Schlitten in Richtung Friedrichsbrunn auf. Er wählte den längeren, aber sicheren Weg über Harzgerode und Güntersberge. Noch immer fielen leichte Schneeflocken, aber hin und wieder blinkte ein blaues Fleckchen Himmel durch die Wolken. Allerdings lag der Schnee so hoch wie seit vielen Jahren nicht mehr. Nicht selten versanken die Pferde bis zum Bauch in dem lockeren Neuschnee der letzten Tage. Hohe dichte Tannen bogen ihre Äste unter der Last des Schnees weit nach unten. In der kalten Luft stach in der Ferne der höchste Berg des Harzes, der Brocken, in den Himmel.

Sein Gipfel versank in dunklen, drohenden Wolkenbergen. Sie kündigten neue Schneefälle an. Johannes trieb seine beiden Schlittenpferde an. Er wollte unbedingt vor dem nächsten Schneesturm die Jagdhütte am Rammberg erreichen. Die Kürassiere hatten große Schwierigkeiten seinem Tempo zu folgen. Der schwierigste Abschnitt von Friedrichsbrunn bis zum Rammberg lag unmittelbar vor ihnen. Stetig stieg der schmale Waldweg nach oben. Aus den Nüstern der Pferde stieg weißer Dampf im stetigen Rhythmus ihrer kräftigen Atemzüge in die kalte Winterluft. Der lockere Schnee türmte sich höher und höher. Trotzdem schien es den beiden Braunen mit den hellen fliegenden Mähnen richtig Spaß zu machen, mit ihren kräftigen Hufen durch die winterliche Pracht zu stapfen. Allzu viel hatten sie auch nicht zu ziehen. Der Kutscher war leicht und die Kufen der Schlitten breit, sodass sie wie von selbst über den Schnee glitten. Den schweren Kürassierpferden fiel es dagegen sichtlich schwer gegen die Schneemassen anzukämpfen.

Schnurgerade führte der verschneite Waldweg den Berg hinauf. Weit oben waren bereits die beiden hohen Felsen zu erkennen, zwischen denen sich das letzte Wegstück zur Jagdhütte schlängelte. Johannes wusste, dass dies der schwerste Abschnitt sein würde, da sich hier im Windschatten der Felsen die vom wilden Tanz im Winde müde gewordenen Schneeflocken sammelten. Zu allem Übel begann es jetzt wieder heftig zu schneien, und heulend fegten tobende

Winde aus dem schmalen Felsenspalt hervor, in den der Weg hineinführte. Der Schneesturm kam mit doppelter Gewalt zurück. Johannes hatte große Mühe den Weg noch zu erkennen. In der Luft heulte und jaulten die Berggeister der gesamten Region. Johannes huschte ein Gedanke durch den Kopf.

Es ist, als würden sie verhindern wollen, dass Fürst Josef vom Tode seines Vaters erfuhr.

Aber kraftvoll stemmten sich die schweren Schlittenpferde dem Winde entgegen und strebten, sich durch die Schneeverwehungen wühlend, die Kürassiere im Schlepptau, der Felsenschlucht entgegen. Johannes musste sie kaum ermuntern. Der kurze Weg durch die Klamm war schnell zurückgelegt. Eine kleine Biegung noch, und dann ragte vor Johannes ein kleiner Teil der Jagdhütte aus dem Schnee hervor.

Es wohnte jemand im Haus. Aus dem Kamin wurde ein heller, nach Holz riechender Rauch in den Himmel getrieben. Überall waren fruchtlos gebliebene Versuche, Wege passierbar zu machen, zu erkennen.

Aber der Hüttenbewohner hatte den Kampf gegen Schnee und Sturm nur unmittelbar um das Haus herum gewinnen können. Der Platz zwischen Felsenklamm und Hütte war unpassierbar. Links vom Weg, hinter zwei Felsenklippen, konnten Johannes und die Soldaten die Pferde und den Schlitten in einer windgeschützten Ecke zurücklassen. Schnell legten sie ihren Tieren die schweren Pferdedecken, die Johannes in weiser Voraussicht im Schlitten mitführte, über. Über die Gesichter der Kürassiere ging ein strahlendes Lächeln, als der alte Fuchs Johannes, mehrere Hafersäcke aus der unergründlichen Tiefe seines Schlittens zog, die man jetzt den Tieren umhängte. Nun kam das schwerste, zwei der Kameraden mussten bei den Pferden zurückbleiben und Wache halten. Johannes kannte die Gefahr, die bei solchen extremen Wettern auch von Raubtieren ausgehen konnte. Luchse und Wölfe waren in dieser Region keine Seltenheit.

Die nächsten vierzig Meter mussten die Männer zu Fuß überwinden. Schon nach wenigen Schritten versanken die Ersten bis zu den Hüften im Tiefschnee. Mühsam befreite man sich gegenseitig aus der kalten Umklammerung und arbeitete sich schwer keuchend Stück um Stück an die Jagdhütte heran. Ihre Augen tränten, und ob dies vom heulenden Sturm oder von den Schmerzen in ihren brennenden Lungen kam, war letztendlich egal. Überglücklich fiel Johannes als erster auf den freigeschaufelten Pfad, den der Hausbewohner in den letzten Tagen um die Hütte herum geschaffen hatte. Nun war es einfacher. Schnell hatte er und die Soldaten die Eingangstür erreicht und klopften mit den Fäusten an die dicken Bohlen. Es dauerte auch gar nicht lange, bis sich die Tür einen Spalt breit öffnete und den Blick auf das verdutzte Gesicht des Fürsten Josefs preisgab.
„Johannes!“, murmelte Josef erstaunt „Wie kommen Sie denn hier her?“
„Lassen Sie uns erst einmal in die Hütte, Hoheit. Wir sind bis auf die Knochen durchgefroren“, bat Johannes.
„Aber natürlich, kommen sie rein in die gute Stube.“
Weit riss Josef die Tür auf und ließ die durchgefrorenen Männer in die Hütte. Während sich die Soldaten ihrer nassen Umhänge entledigten, half

Josef dem Faktotum des Hauses Fondi aus dem warmen Winterpelz und drückte ihn anschließend vor den Wärme spendenden Kamin in einen Sessel.

Erst jetzt wurde ihm bewusst, dass ein besonderer Grund vorliegen musste, wenn der Haushofmeister ihn in dieser Schneehölle aufsuchte und noch dazu in Begleitung eines Trupps Soldaten seines ehemaligen Regimentes.

„Was ist passiert Johannes?“

„Ihr Herr Vater, Graf Heinrich, ist vor einer Woche gestorben, und sie waren spurlos untergetaucht. Zum Glück habe ich mich an diese Hütte erinnert. Junger Herr, sie müssen schnell nach Hause kommen. Die Geier beginnen sich schon um ihr Erbe zu reißen.“

Sichtlich geschockt sank Fürst Josef auf den einzigen noch freien Holzschemel in der Hütte.

„Wie konnte das Geschehen? Mein alter Herr war doch eigentlich noch recht rüstig als ich Rammelsburg verlassen hatte.“

Betreten schauten sich Johannes und die Soldaten an. Schließlich wagte es der alte Mann, seinen Herrn die ganze Wahrheit zu offenbaren. In kurzen Worten fasste Josef die Ereignisse nach dem Verschwinden des jungen Fürsten zusammen.

„Das heißt, meines Vaters Leichnam befindet sich gar nicht auf Schloss Rammelburg, sondern er ist im Schloss Reinhardsbrunn aufgebahrt?“

Kurz entschlossen entschied der Fürst.

„Wir bleiben diese Nacht hier. Morgen, in aller Frühe brechen wir auf und reiten nach Rammelburg. Sie, Johannes kommen mit dem Schlitten nach. Ich werde mich in Rammelburg nicht lange aufhalten und sofort nach Gotha und weiter nach Reinhardsbrunn reisen.

* * *

Über die Viktorshöhe ging der wilde Ritt direkt hinunter nach Alexisbad, von dort nutzten wir den Hauptweg nach Mansfeld südlich des Eichberges. Nun lenkten wir die Pferde quer durch den tief verschneiten Wald zum Kohlberg hinauf. Erneut fing hier der Wind wieder an zu pfeifen. Der Flockenwirbel wurde dichter und dichter. Aber Fürst Josef kannte hier jeden Fußbreit des Weges. Er wusste, es war nicht mehr weit bis Schloss Rammelburg. Dessen Zinnen konnte man bereits erkennen, wenn die Schneeschauer mal einen Moment aufhörten. Aber dieses letzte Wegstück war in dieser Jahreszeit eine gefährliche Strecke. In engen Serpentinen ging es auf ganz schmalen Pfaden immer eng an der Felsenkante entlang, unter der die Wipperschlucht gähnte. Fuhrwerke durften hier nicht ein winziges Stück nach links geraten, dann stürzten sie unweigerlich in die Tiefe. Für Reiter war es wesentlich ungefährlicher.

Fürst Josef erreichte das Schloss gerade noch rechtzeitig vor meiner eigenen Abreise nach Reinhardsbrunn. Wir waren alle erleichtert, ihn gesund wieder zu sehen. Eigentlich war nun mein Auftrag erfüllt und ich hätte wieder zu meiner Garnison nach Stargard aufbrechen können. Aber Major Bila bat mich, den Fürsten doch noch nach Reinhardsbrunn zu begleiten und erinnerte daran, dass wir ja noch den Giftmord an Fürst Heinrich aufzuklären hätten. Ich willigte ein und bekam so noch zwei zusätzliche Aufenthaltstage auf Schloss Rammelburg. Niemand von uns bekam mit, dass nur wenige Minuten nach der Ankunft des Fürsten ein Reiter den Hof verließ und im Flockenwirbel des nach wie vor tobenden Sturmes verschwand.

8. KAPITEL

Der falsche Mönch

08. März 1780

Etwa zur gleichen Zeit, als Fürst Josef und seine Begleitung nach Schloss Reinhardsbrunn aufbrachen, schälte sich ein Mönch in einer kleinen Kammer des Kollegialstiftes St. Marien in der Domstadt Erfurt aus seiner Kutte. Achtlos ließ der Mann das braune Gewand auf den Boden fallen. Er schien richtig froh zu sein, die Kutte ausziehen zu dürfen. Vier Tage lang hatte sie ihm als geeignetes Instrument zur Wahrung seiner Identität gedient. Er hatte sich täglich nach der Mittagsmahlzeit, später zur Non und zur Vigil am Abend, im Dom zum Gebet einfinden müssen. Dort wartete er, bis er angesprochen wurde. So fiel er im Kreise der Gläubigen nicht auf.

Aber das hatte bedeutet, dass er sieben Gebete hintereinander, ohne dass irgendjemand von ihm Notiz genommen hatte, mitsprechen musste. Gestern Abend nahm eine tief verschleierte Dame neben ihm im Gebetsstuhl Platz. Ohne Worte reichte sie ihm ein Gebetbuch der katholischen Geistlichen, das Brevier. Dabei ließ sie ihn nicht aus den Augen. Erst als der Mönch das Buch aufschlug und dort auf der ersten Seite das gesuchte, spitzendige Zweibalkenkreuz sah, war sie hastig aufgestanden und hatte die Kirche wieder fluchtartig verlassen.

Davon unbeeindruckt wendete der Mönch Seite für Seite des geistlichen Buches. Schon wollte er das Brevier enttäuscht zur Seite legen, da entdeckte er auf einer der letzten Seiten die für ihn bestimmte Nachricht. Es waren nur eine weiße Seite Papier mit rätselhaften Angaben.

Lies das 5. Buch Moses Kapitel 17
prüfe

V 2 W 1-1, W 4, W 5, W 6, W 14, W 15
V5 W 2, W 3, W 4, W 12, W 14, W 15, W 16
V6 W12, W 11, W 12, W 13, W 14

Er riss die Seite aus dem Brevier und ließ das Buch der katholischen Geistlichen achtlos liegen. Nun hatte es der vermeintliche Mönch sehr eilig. Kaum in seiner schmalen engen Kammer, in welcher er seit einigen Tagen hauste, angekommen, zündete er die Kerze auf seinem grob geschreinerten Tisch an und kramte aus seinem Aser eine gewichtige Bibel hervor.
Nicht lange und er hatte das Fünfte Buch Moses gefunden. Hastig schlug er die Seiten um, eine Seite, zwei Seiten....sieben, acht, da die neunte Seite. Der Mann hatte das 17, Kapitel gefunden. Die Botschaft für ihn stand in drei Versen, dem 2., dem 5. und dem 6.Vers. Nun musste er nur noch die Wörter abzählen.

...finde...in einer Ortschaft...ein Mann...führe diesen Mann...zu Toren...und lasse...den Todeswürdigen den Tod erleiden.

Erschrocken ließ sich der vermeintliche Mönch auf seinen Stuhl fallen. Noch einmal las er langsam die seltsame Botschaft. Es gab keine Ortsangabe, es wurde kein Name genannt. Nur der Auftrag war klar formuliert. Er sollte einen Menschen, einen Mann, töten.

In den letzten Jahren hatte er zahlreiche Aufträge im Auftrage des Zweibalkenkreuzes erledigt. Aber ein Mord war bis zum heutigen Tag noch nie von ihm verlangt worden. Trotzdem war dem Mann bewusst, dass er selbst sterben musste, wenn er die Order verweigerte. Tief atmete der Mann durch.

Sich selbst Mut machend ging der Mönch seinen Auftrag noch einmal Wort für Wort durch. Er blieb rätselhaft. Einen Ort sollte er finden. Aber wo? Davon stand kein Wort in der Nachricht. Noch einmal nahm sich der Mann die Bibel vor. So viel er auch blätterte, die Beantwortung seiner Fragen blieb unbeantwortet.

Zuletzt legte sich der Mönch auf seine schmale Pritsche und murmelte immer wieder die unterstrichenen Worte des Buches Moses vor sich hin ...den Todeswürdigen den Tod erleiden. Ruckartig setzte er sich auf. Von der Ermordung eines Mannes stand dort kein Wort. „Tod erleiden", das konnte viel bedeuten. Seltsam beruhigt, ließ sich der Mann wieder zurücksinken, und schon bald zeigten tiefe gleichmäßige Atemzüge an, dass er eingeschlafen war. Schon sehr früh am Morgen, zur Zeit der Laudes, war der Mann wieder auf den Beinen. Ordnungsgemäß meldete er dem Prior des Kollegiatstiftes seine Abreise. Es sollte niemand auf den Gedanken kommen, Fragen zu seiner Person zu stellen. Er wartete dann bis zum Beginn der Terz, bis er sicher sein konnte, dass seine Verwandlung vom Mönch zum Jäger keine neugierigen Beobachter finden würde. Lediglich seinen Stutzen versteckte er weiterhin fest eingerollt in der dicken Wolldecke, die an seinem Rucksack befestigt war. Leise drückte er die Pforte des Stiftes zu und stand auf den breiten Domstufen.

Vor ihm lag einer der breitesten Plätze, die er je in einer Stadt gesehen hatte. Langsam stieg er die Domstufen hinunter und betrat den weiten Platz. Gerade als er die letzte Stufe, der breiten Treppe zwischen den beiden Kirchen verlassen hatte, löste sich ein Mann von einem der zahlreichen Pferdeschlitten, die am Fuße des Domes auf Fahrgäste warteten.
„Sind Sie der Jäger Anselm aus Tirol?"
„Ja! Wer will das wissen?", antwortete der Mann, welcher bis gestern noch die Kutte eines Mönches getragen hatte.

„Ich bin der Kutscher Meinhard“, reagierte der Frager sofort.
„Ich soll ihnen dieses Schreiben übergeben und sie anschließend nach Friedrichroda fahren.“
Na also, dachte der Mann mit dem Namen Anselm, die Ortschaft scheint somit geklärt. Doch wo liegt dieses Friedrichroda. Von diesem Ort habe ich noch nie gehört. Vielleicht steht ja etwas in dem Brief.
Widerspruchslos kletterte der Jäger in den Schlitten und ließ sich in die Sitzpolster fallen, während draußen die Peitsche des Schlittenführers knallte und sich das Gefährt in Bewegung setzte. Während Anselm das ungesiegelte Kuvert aufriss.

Nach wenigen Metern grüßte die gewaltige Zitadelle Petersberg den Reisenden, die zum Schutz vor den protestantischen Ländern des Nordens gebaut worden war. Der Weg des katholischen Jagdgehilfen aus dem Tiroler Land führte unterhalb der gewaltigen Festung nach Westen bis eine Hochebene erreicht wurde. Links vom tief verschneiten Weg wuchsen die dunklen Höhen des Thüringer Waldes empor.

Aus einem anderen Schlitten, dieser war allerdings mit sechs Pferden bespannt, beobachteten zwei graugrüne Augen die Abreise des Jagdgehilfen. Sichtlich zufrieden rieb sich die Person ihre Hände. Nur wenige Minuten später setzte sich ihr Gefährt ebenfalls in Bewegung und folgte dem ersten Schlitten im sicheren Abstand. Erst als sich in der Ferne die Silhouette des Gothaer Schlosses Friedensstein erhob, gab der Verfolger seinen Pferden die Peitsche. So war es kein Wunder, dass der Sechsspänner wenige Minuten später Anselm in einer Schneewolke passierte. Der aber bemerkte von all dem nichts, denn ihn fesselte der Inhalt des Kuverts.

* * *

Noch einmal drehte sich die dick vermummte Person zu dem weit zurückbleibenden Schlitten Anselms zurück. Zufrieden nickte sie vor sich hin.

Sie würde lange vor dem Jäger auf Schloss Reinhardsbrunn eintreffen. Niemand würde sie mit seiner Ankunft in Verbindung bringen. Ihre Pläne begannen Stück für Stück Wirklichkeit zu werden. Ein warmes Gefühl durchrieselte den Körper der dick eingepackten Person. Ärgerlich war, dass ihr nur der Aufbewahrungsort eines der drei Gegenstände bekannt war, die sie sich beschaffen musste, um sich alle Wünsche erfüllen zu können.

Eine Vorstellung, wo die Eule der Minerva zu finden sein könnte, hatte sie. Sie war sich sicher, diese Eule im Schloss Reinhardsbrunn zu finden. Alle Anzeichen der letzten Tage sprachen dafür. Warum wohl kommt Herzog Ernst gerade jetzt nach Reinhardsbrunn. Er will die Eule und den Totenkopfring zusammen führen. Es wird ihm nicht viel nutzen.
Nur ich kenne das Geheimnis der Dreifaltigkeit. Von dem Buch wisst ihr nichts. Zwei Zufälle haben mich zu dem Buch geführt. Der Alte hat es seinem Freund Cothenius vor vielen Jahren bei seinem Besuch auf Rammelburg verraten und ich habe es gehört. Hier auf Schloss Reinhardsbrunn weiß ich, wo es versteckt ist. Der Herzog wird mir helfen die beiden anderen Utensilien zu finden. Denn er will sie auch. Ich bin aber der echte Erbe der Fondis. Keiner wird sie mir entreißen können. Sie sind für mich Symbole der Macht und des Reichtums.
Es begann wieder zu schneien und auch der Wind hatte sich erneut entschlossen, diese fallenden Flocken heftig durcheinander zu wirbeln, hier und dort zu hohen Haufen zu türmen und an anderen Stellen den Boden blitz blank zu putzen. Aber die einsame Person im Schlitten störte das Wetter in keiner Weise. Sie war sich sicher, wenn sie den Herzog nicht aus dem Auge ließ, würde er sie zu den gesuchten fehlenden Gegenständen führen.

Es gab nur ein einziges Problem. Doch für dessen Lösung hatte sie den Jäger engagiert. Er war ein trefflicher Schütze und konnte genauso gut mit dem Hirschfänger umgehen. Wie sie ihm das zu tötende Wild vor die

Füße treiben könnte, darüber musste die Person noch nachdenken.

* * *

Anselm genoss die geruhsame Schlittenfahrt. Je näher die dunklen Berge des Thüringer Waldes rückten, umso mehr fühlte er sich heimisch. Er hatte sich fest vorgenommen, dieser Auftrag im Herzogtum Sachsen-Gotha-Altenburg sollte sein letzter sein. Wenn alles gut ging, hätte er so viel Geld zusammen, um sich im Pfelderer Tal einen Hof kaufen zu können. Für dieses Ziel hatte er in den letzten Jahren für viele Fürsten und Grafen die Drecksarbeit gemacht. Nun sollte es Schluss sein.

Sorgfältig strich er die drei Papierbögen glatt, die er dem Kuvert entnommen hatte. Flüchtig ging ihm ein Gedanke durch den Kopf.
Wenn ich nicht lesen und schreiben gelernt hätte, könnte ich den Herren dieser Welt kaum gebührend zu Diensten sein. Solange ich Aufträge erhalten habe, wurden sie nie persönlich übergeben. Niemals habe ich die Stimmen meiner Auftragsgeber vernehmen können. Auftrag und Salär erfolgten stets in schriftlicher Form. Ein Glück, dass in deutschen Landen und in Österreich eine Schriftsprache zur Verständigung reicht.
Anselm nahm die erste Seite zur Hand. Die Schrift war steil, die Zeilen kerzengerade geschrieben. Eine geübte Hand, stellte der Jäger fest. Der Text war nur sehr kurz.

Fahr Er nach Schloss Reinhardsbrunn.
Suche Er dort den Fürsten Heinrich von Fondi auf.
Weise Er sich als Boten des Erzbischofs von Salzburg aus.
Überbringe Er die Brautwerbung des Bruders des Erzbschofs.
Vernichte Er diese Notiz.
Nutze Er die Zeit seines Aufenthaltes auf dem Schloss, um sich mit dem Land vertraut zu machen, zu gegebener Zeit wird Er

eine Einladung zur Jagd bekommen. Wir erwarten, dass Seine Jagd erfolgreich wird.

Nachdenklich betrachtete Anselm die beiden anderen Schriftstücke. Das Zweite war gesiegelt mit dem Wappen des Salzburgers und an den Fürsten von Fondi gerichtet. Es war die Werbung um die Hand seiner Tochter Isabella. Schmunzelnd stellte Anselm fest, dass er noch nie als Hochzeitsbote tätig gewesen war. Eine Erfahrung, die ihm sichtlich Spaß machte.

Das dritte Papier war gefaltet und versiegelt. In großen Buchstaben stand geschrieben: *Für Anselm, öffnen, wenn es der Herr befiehlt.*
Es war mit Sicherheit das eigenartigste Schreiben, mit dem Anselm am wenigsten anfangen konnte. Also beschloss er erst einmal dieses geheimnisvolle Papier zu ignorieren und versenkte es ganz unten in seinem Aser. Das Schreiben an den Fürsten glättete er gründlich, faltete es sorgfältig zusammen und schob es, genau wie den Auftrag, in sein Jagerbuch, das er immer dabei hatte, wenn es auf große Reise ging. Dieses Buch war bei weitem kein Fachbuch über das Jagdwesen, sondern enthielt exakte Aufzeichnungen über all seine Aufträge, die er in den letzten Jahren erledigt hatte. Dieses Buch wird sein Pfand für ein neues Leben sein. Zufrieden schlug er das Buch seiner Sünden zu.

Dann überlegte er, wie er weiter vorgehen wollte. War es Zufall oder Schicksal, in diesem Augenblick tauchte ein kleiner Gasthof am Rande des Waldes auf. Nur Mühsam konnte Anselm den verwitterten Namen über der Tür entziffern: „Zur Tanne". Der Jäger bedeutete seinem Schlittenführer anzuhalten und verschwand unter dessen verstehenden Lächeln in dem Gasthaus. Allerdings wunderte er sich sehr, als nach einer kleinen Weile ein Mönch aus der Tür trat sich in den Schlitten schwang und rief: „Fahren Sie weiter, es kann ja nicht mehr weit sein."

* * *

Fast gleichzeitig fuhren zwei Schlitten in den Hof von Schloss Reinhardsbrunn ein. Vom Weiler Schnepfenthal näherte sich ein Schlitten mit einem Mönch. Es war Bruder Anselm, wie ich bald erfahren sollte. Von der anderen Seite trafen Fürst Josef, ich und die fünf Braunschweiger Husaren, die uns Major Winter als Bedeckung mitgegeben hatte, ein. Sofort herrschte auf dem Schlosshof ein heilloses Durcheinander. Man hatte offensichtlich nicht mit so vielen Gästen gerechnet. Leider wurde ich auch sofort von der Wirtschafterin Luise mit Beschlag belegt.
„Haben sie finden können, wo das Gift hergestellt wurde und wer der Giftmischer sein könnte?“
Sie hatte eindeutig zu laut gefragt. Denn plötzlich wurde es im Hof sehr still. Dann stand auch noch Herzog Ernst im Schlossportal und zog die Luft merklich ein.
„Frau Luise, bevor sie hier weiter über unmögliche Dinge schwatzen, führen sie unsere Gäste in die Bibliothek. Sorgen sie dafür, dass sie etwas Warmes zu trinken bekommen.“
Dann wandte er sich an den Mönch.
„Welches Begehr führt sie nach Schloss Reinhardsbrunn?“
Mit dem Instinkt eines Mannes, der seit Jahren mit dem Adel zu tun hatte, verbeugte sich der Mönch stellte sich vor und verkündete lauthals: „Ich bin im Auftrag des Erzbischofs von Salzburg gekommen und habe eine Botschaft für den Fürsten Heinrich von Fondi.“
Fürst Josef, der schon halb auf den Weg zur Bibliothek war, verhielt seinen Schritt und drehte sich zu dem Mönch herum.
„Da werden sie wohl mit mir Vorlieb nehmen müssen. Mein Vater ist vor einigen Tagen verstorben. Geben sie mir ihre Botschaft!“
Der Mönch Anselm zögerte nur kurz. Dann überreichte er dem jungen Fürsten das zusammengefaltete Schreiben mit Salzburger Wappen.

Während auf dem Schlosshof so nach und nach wieder Ruhe einkehrte, stand ich immer noch auf der schneebedeckten Freitreppe und schaute

dem Mönch nachdenklich hinter her. Erst als mich Doktor Fritz ansprach, bemerkte ich, es gab noch jemand dem es aufgefallen war.
„Herr Leutnant, ich frage mich, woher wusste der Salzburger Mönch, dass sich der Fürst hier in Reinhardsbrunn aufhielt und nicht in seinem Heimatschloss Rammelburg?“

* * *

Bruder Anselm war froh, als er endlich eine Kammer zugewiesen bekommen hatte. Ärgerlich war nur, dass die Kammertür nicht abgeschlossen werden konnte. Aber der falsche Mönch wusste sich zu helfen. Er wuchtete einen der hochlehnigen Stühle unter die massive eiserne Türklinke. Nun würde niemand ungebeten seine Kammer betreten können.

Jetzt hatte er eine Stunde Zeit, bevor er in das Speisezimmer gerufen würde. Anselm zog einen der übrigen Stühle an das Kammerfenster. Noch reichte das trübe Tageslicht zum Lesen aus. Er griff nach seinem Aser und kramte nach dem Papier. Es sollte geöffnet werden, wenn der Herr es befiehlt. So steht es geschrieben. Wann ist dieser Zeitpunkt?
Wer ist der Herr, der in diesem Fall befiehlt. Bruder Anselm beschloss, selbst der Herr zu sein. Langsam, fast feierlich faltete der falsche Mönch das dritte Schreiben auseinander und vertiefte sich in den Text.

Anselm,
es wird zum letzten Male von Ihm eine Gefälligkeit erwartet. Wenn sein Auftrag zu meiner Zufriedenheit erledigt wird, wartet auf Ihn der Altissima-Hof. Sein Weib und sein Sohn erwarten Ihn bereits dort.
Nun zu der Gefälligkeit, die ich von Ihm erwarte....

Anselm blickte von dem Schreiben auf. Tränen stiegen ihm ins Auge.

Dreißig lange Jahre hatte er seinem Herrn gedient. Weit hatten ihn die Aufträge herumgeführt. Von Capri bis Kopenhagen, von Madrid bis Budapest, überall hinterließ er Spuren der Rache und Bestrafung. Von der Entführung bis zum Mord reichten die Aufträge, die er zu erledigen hatte. Nun sollte er entlassen werden. Er glaubte daran, denn der Segen der Kirche würde mit ihm gehen.

Anselm wollte sich wieder seinem Schreiben zuwenden. Doch plötzlich stockte er. Hastig wanderte sein Blick zur Kammertür. Aber der Stuhl stand unverrückbar unter der Klinke. Langsam wanderte sein Blick an den Kammerwänden entlang. Zu langsam. Der schmale Spalt am Kamin war bereits geschlossen und die graugrünen Augen, die er gespürt hatte, waren hinter der Mauer verschwunden.

Achselzuckend begann er wieder zu lesen.

> *Dort, wo Er diesen Brief liest, liegt der Vorletzte seines Geschlechts auf dem Totenbett. Ich will, dass die männliche Linie dieses Geschlechts ausgemerzt wird. Dazu bedarf es eines Unfalls. Sorge Er mir dafür, dass kein Schatten auf den Namen Fondi fällt.*

Das versteckt sich also hinter den Worten, den Todeswürdigen den Tod erleiden lassen. Wer aber hasst die Familie so stark, dass sie ausgelöscht werden soll? Und warum, gilt dieser Hass nur den männlichen Gliedern der Familie? Wie war das doch gleich? Anselm versuchte sich zu erinnern. Es soll kein Schatten auf den Namen fallen. Schlagartig wurde dem falschen Mönch klar, es geht um Geld, um viel Geld. Doch wer brauchte so viel Geld, dass dafür zwei Fürsten sterben müssen?

9. KAPITEL

Illuminati

Noch 08. März 1780

Herzog Ernst bedeutete seinem Freund und Schützling Adam Weishaupt ihm zu folgen. Zielgerichtet steuerte er auf seine Gemächer zu. Kaum, dass sich die Tür hinter den beiden Männern geschlossen hatte, konnte der Herzog nicht mehr an sich halten.

„Adam, was hältst du von dem Verdacht der Wirtschafterin?"

Weishaupt überlegte gründlich, ehe er antwortete.

„Wenn Gift im Spiel war, dann dürfen wir davon ausgehen, dass der Fürst zu mindestens einen Anschlag geahnt hat. So würden sich einige der Ereignisse der letzten Wochen erklären."

„Wie meinst du das?"

„Seine überraschende Bitte an Euch, seinem Ordensbruder, ihm Gastfreundschaft für eine unbestimmte Zeit zu gewähren, das Hilfeersuchen an unseren Ordensbruder Cothenius und das Auftauchen des Leutnants des 1. Leib-Husaren-Regiments kurz nach seinem Ableben hier in Reinhardsbrunn."

Nervös schritt Herzog Ernst vom Fenster zur Tür und wieder zurück, während es sich der Jesuit Weishaupt im Sessel bequem gemacht hatte. Seine gedrungene Gestalt verschwand fast vollständig in den tiefen Polstern. Er wusste, dass der Herzog von ihm erwartete seine Gedankengänge weiter zu entwickeln. Also räusperte sich der Professor für Kirchenrecht und begann seine Theorie zu entwickeln.

„Wenn wir von einem Giftmord ausgehen, ich denke, das können wir inzwischen ohne Bedenken tun, müssen wir uns fragen, warum? In der

Regel wird wegen Geldes gemordet. Nun ist aber das Haus Fondi nicht unbedingt reich zu nennen. Trotzdem lohnt sich ein Blick auf die Vermögensverhältnisse der Familie zu werfen. Da haben wir zum ersten den jungen Fürsten Josef. Er erbt ein Lehen, das lediglich aus Schulden besteht. Dafür einen Mord riskieren, unwahrscheinlich. Zum Erbe gehört die Domäne Dobris in Böhmen. Aber hier besteht der Anspruch der Tochter Isabella, denn diese Domäne hat ihre Mutter mit in die Ehe eingebracht. Sie hätte dieses Land und Schloss also irgendwann einmal sowieso bekommen. Isabella hat somit auch keinen Grund für einen Vatermord. Bleibt die Nonne Elisabeth."

An dieser Stelle unterbrach Herzog Ernst, Weishaupts Überlegungen.
„Was hat die Nonne eigentlich mit der Familie Fondi zu tun?"
Weishaupt lächelte.
„Das wissen sie nicht? Die Nonne Elisabeth ist die ehemalige Ehefrau des Fürsten Josef von Fondi. Der Alte hatte seinen Sohn gezwungen dieses bigotte Weib zu heiraten. Sie brachte den Fondis als Mitgift dringend benötigtes Geld in die Kasse. Pikant an dieser Hochzeit mit der Livländerin, Elisabeth soll den Vollzug der Ehe verweigert haben. Das dürfte auch der Grund für ihren Eintritt ins Kloster gewesen sein."
Herzog Ernst war bei den letzten Worten des Professors stehen geblieben.
„Also hat diese Frau auch keinen Grund den Fürsten zu vergiften."
Adam Weishaupt wiegte seinen Kopf zweifelnd hin und her.
„Wie man es nimmt. Ich habe kurz bevor ich Ingolstadt verlassen musste gehört, dass Elisabeth gern Äbtissin vom Kloster Marienstern werden möchte. Meine Gewährsleute am Dresdner Hof des Kurfürsten haben mir berichtet, dass der Kurfürst nicht abgeneigt ist Josefs Exgattin zur Wahl vorzuschlagen. Allerdings erwartet er eine Gegenleistung. Elisabeth soll ihm aus dem Lehen des Fürsten das Hettstedter Land übereignen. Dies wiederum wird nur möglich, wenn sie es in ihrem Besitz hat."

„Aber diese Dame hat doch keinen Erbanspruch mehr."

„Na ja, so richtig rechtlich ist diese Frage nicht geklärt. Die Ehe zwischen Josef und Elisabeth ist zwar durch das Domänengericht des Fürsten nichtig erklärt worden, aber nach katholischem Recht besteht sie noch. Wem welches Erbe zusteht, entscheidet letztendlich in diesem Fall der Kurfürst. Und der wird zu seinem Vorteil entscheiden.“

Herzog Ernst schwieg sehr lange. Man konnte regelrecht sehen, wie es hinter seiner Stirn arbeitete. Endlich schien er zu einem Ergebnis gekommen zu sein.

„Du hältst es also für möglich, dass Heinrich von Fondi wegen einem Stück Land sein Leben lassen musste? Mach es dir nicht zu einfach. Mörder können auch aus den Reihen der Feinde unseres Ordens kommen. Wir Illuminati wollen die bestehende Ordnung verändern. Mitglieder unseres Geheimbundes sollen in öffentliche Ämter lanciert werden, um so gewaltlos, Schritt für Schritt einen „Vernunftstaat“ errichten zu können. Dabei haben wir die Geschichte auf unserer Seite. Bisher haben wir drei Weltzeitalter erleben können. In der „Kindheit der Menschheit“ gab es weder Herrschaft eines Menschen über Andere, noch Besitz an Eigentum. Erst in der „Jugendepoche“, als erste Fürstentümer und Staaten entstanden haben sich Herrschaft und Eigentum herausgebildet. Je mehr diese Formen an Größe und Bedeutung gewinnen, gleitet das dritte Weltzeitalter in den „Despotismus“ ab. Hier beginnt das Alter, für das unser Illuminatenorden steht, die Sehnsucht nach dem verlorenen Paradies der Herrschaftslosigkeit.

Männer wie Freiherr von Knigge oder jüngstens der Geheimrat Goethe aus Weimar folgen unseren Ideen. Ich zitiere deine Worte bei der Gründung unseres Ordens: Wer also allgemeine Freyheit einführen will, der verbreite allgemeine Aufklärung: aber Aufklärung heißt nicht Wort- sondern Sachkenntnis, ist nicht Kenntnis von abstrakten, spekulativen, theoretischen Kenntnissen, die den Geist aufblasen, aber das Herz um nichts bessern.

Wir gewinnen ständig an Gefolgsleuten. Damit werden wir eine Gefahr für den Klerus, aber auch für die Fürsten in Bayern, Sachsen sogar für den Papst. Fürst Heinrich von Fondi war einer unserer führenden Männer im Anhaltinischen. Wir dürfen einen Anschlag unserer Feinde nicht außer Acht lassen. Noch dazu, weil mit seinem Tode eines unserer Symbole spurlos verschwunden ist. Zu guter Letzt taucht auch noch ein Mönch auf, bei dem es mir schwer fällt, an einen göttlichen Sendboten zu glauben."

Selten hielt Herzog Ernst solche langen Reden. Adam Weishaupt war durchaus geneigt den Gedanken seines Gönners zu folgen. Trotzdem nagte in ihm der Zweifel.

„Der Mönch Anselm wirbt im Auftrag unseres Salzburger Ordensbruders für seinen leiblichen Bruder Gundacar um die Hand Isabellas. Er wird uns kaum eine Laus in den Pelz setzen. Was allerdings seine Reputation als Mönch betrifft, teile ich ihre Meinung unbedingt. Deshalb sollten wir auf jeden Fall ein Auge auf ihn haben. Ich könnte mir denken, dass er für seinen Herrn, dem Erzbischof, durchaus eigennützige Ziele verfolgt. Auch der Bischof strebt, wie einige Andere, nach den drei Symbolen der Macht. Noch ist hier im Schloss das wichtigste Symbol, die Eule der Minerva, sicher verwahrt. Die beiden anderen Symbole bewahrte Heinrich von Fondi auf. Vom Leutnant der Leib-Husaren Tobias von Wenzel weiß ich mit Sicherheit, dass das Buch der Weisheit auf Rammelburg entwendet wurde. Was mit dem Totenkopfring geschehen ist, wissen wir ebenfalls nicht. Am Finger des Fürsten war er auf jeden Fall nicht mehr als wir hier eingetroffen sind. Ich könnte mir allerdings vorstellen, dass Cothenius dem Leutnant von Wenzel nahe gelegt hat, ein Auge auf den Ring zu werfen, wenn nicht gar den Auftrag erteilt hat, den Ring zu beschaffen. Denn schließlich ist der Totenkopf mit den gekreuzten Knochen das Symbol des 1. Leib-Husaren-Regiments."

Herzog Ernst lauschte mit großer Aufmerksamkeit seinem Freund. Im

Geheimgang hinter dem Kamin hatte sich eine graue Gestalt von dem Gespräch kein einziges Wort entgehen lassen.

* * *

Ein Stockwerk höher empfing Isabella von Czernin mich, den Leutnant Tobias von Wenzel, in ihrem Salon. Von ihrer Zofe wusste ich, dass sie über eine Stunde vor dem Spiegel gestanden und sich schön gemacht hatte. Mir war von vorn herein klar, der Komtess lag nichts daran mich zu verführen. Sie wollte mich über das, was ich auf Schloss Rammelburg in Erfahrung bringen konnte, ausquetschen. Dabei dachte sie daran, ihre weiblichen Reize durchaus einzusetzen. Aber dabei biss sie auf Granit. Ich war vergeben. Mein Herz gehörte Zita oder war es Gertrud. Egal wie ihr Name lautete, sie war es, wovon ich in den Nächten träumte.
In Isabellas Salon waren die Stühle kaum gepolstert und wirkten sehr zerbrechlich. Soldaten, so wie ich, hatten große Schwierigkeiten unsere Rückseite einigermaßen bequem zu platzieren. Ich saß auf der äußersten Stuhlkante, meine Stiefel fest auf den Boden gestellt. So gelang es mir einigermaßen das Gleichgewicht zu halten. Ganz anders Isabella. Anmutig, ein Bein über das andere geschlagen, leicht nach vorn gebeugt, präsentierte sie die Ansätze ihres weißen Busens direkt vor meiner Nase. Ich wartete auf ihren Angriff. Doch der kam aus einer Ecke, die mich total verblüffte.
„Tobias! Ich darf doch Tobias sagen?"
Eine Antwort wartete die rassige schwarzhaarige Schönheit erst gar nicht ab.
„Sie haben an Ihrer Pelzmütze eine eigenartige Kokarde. Hat sie eine besondere Bedeutung?"
Im ersten Moment war ich verwirrt. Fragen nach meinen Erlebnissen auf Schloss Rammelburg hatte ich erwartet und nun wollte das Frauen-

zimmer von mir wissen, welche Bedeutung unser Regimentszeichen hat. Doch dann siegte der Stolz auf mein Regiment und ich begann bereitwillig zu erzählen ohne zu merken, wie ich in ihre Falle hinein getappt bin.
„Unser Regiment kämpft unter dem Wahlspruch Sieg oder Tod. Dazu passt das Signet mit dem Totenkopf sehr gut."
„Warum ausgerechnet ein Totenkopf?", wunderte sich Isabella noch immer.
„Darüber wundern sich viele. Aber dieser Totenkopf hat eine lange Geschichte. Vor 157 Jahren gründete Silvius Nimrod von Oels den Ritterorden vom Todtenkopf. Die Ritter des Ordens philosophierten über den Zweck des Lebens nach der Maxime Vanitas vanitatum, das bedeutet übersetzt alles ist vergänglich. Übrigens Komtess, da hätten sie auch eintreten dürfen, denn er war auch für Frauen zugänglich. In dieser Zeit war dieser Orden damit etwas vollkommen Revolutionäres. Mit dem Tod Nimrods erlosch der Orden, wurde aber vor genau 100 Jahren von der Witwe des Herzogs von Oels, Elisabeth Marie als reiner Damenorden wieder belebt. Für mein Regiment war eigentlich nur die Ordensdekoration von Bedeutung. Unter einer schwarzemaillierten Schleife mit goldenem Rand, die die lateinische Inschrift memento mori, zu Deutsch Gedenke deiner Sterblichkeit, trug, hing ein silberner Totenkopf. Die Mitglieder des Ordens trugen am Ringfinger der linken Hand einen Ring mit dem gleichen Symbol. Unser Regiment hat dieses Symbol als Regimentszeichen übernommen. Ich finde, eine gute Wahl."
Isabella war eine ausgezeichnete Zuhörerin. Da macht es richtig Spaß zu erzählen. Im Erzählen war ich gut. So glaubte ich zu mindestens. Mir kam es vor als hätte die Komtess nur darauf gewartet, dass ich eine Pause in meinem Vortrag machte. Denn sie deutete jetzt auf meine linke Hand.
„Lieber Tobias, sie tragen doch gar keinen Ring. Mein Vater, der trug einen solchen Ring. Nach meinem Wissen, gehörte er aber überhaupt nicht zu ihrem Regiment. War er dann Mitglied in dem Totenkopforden von

dem sie mir erzählt haben?“

Die Komtess konnte Fragen stellen. Woher sollte ich wissen, ob ihr Vater Mitglied eines Ordens war oder nicht. Das einzige was ich wirklich wusste, ich würde einen solchen Ring erst bekommen, wenn ich Führer einer Eskadron Husaren würde. Worüber ich mich wunderte, war die Erinnerung an ein Gespräch bei meiner Abreise in Berlin. Cothenius mahnte mich damals eindringlich, Sorge dafür zu tragen, dass der Fürst Heinrich von Fondi seinen Ring ihm übergibt. Diesen Ring sollte ich auf jeden Fall mit nach Berlin bringen. Da der Fürst inzwischen gestorben war, hatte ich an diesen Teil meines Auftrages mit keiner Silbe gedacht. Inzwischen schienen nun mehrere Personen an diesem Ring interessiert zu sein. Eines war mir inzwischen klar, es kann sich nicht um einen Offiziersring unseres Regimentes handeln.

Ich muss wohl zu lange geschwiegen haben, denn Isabella löcherte mich weiter.

„Wissen sie, lieber Tobias, ob diese Ringe ein Geheimnis haben?“

Verwirrt schaute ich die junge Frau an.

„Geheimnisse, was soll dieser Ring für Geheimnisse verbergen? Er ist ein Statussymbol mehr nicht.“

Ich sah, wie sich im Gesicht Isabellas Enttäuschung breit machte. Warum, konnte ich mir nicht erklären. Haben sie schon einmal Gelegenheit gehabt einer bildhübschen Frau gegenüber zu sitzen, ihr eigenes Wissen vermitteln zu dürfen und dann gleichzeitig zu merken, dass nicht diese Informationen gefragt waren, sondern andere von denen sie keine Ahnung haben? So ging es mir. Ich hatte keine Vorstellung, was die Komtess von mir wollte.

Dass sie sich nun erhob, mir ihre Hand reichte und noch einen recht schönen Abend wünschte, verstärkte meine Unsicherheit um ein Vieles. So fand ich mich plötzlich auf dem breiten Flur des Schlosses Reinhardsbrunn wieder. Er war dunkel. Lediglich eine einsame Fackel spendete am Ende des Flures, dort wo die Treppe hinunter in das untere Stockwerk führte, flackerndes Licht.

* * *

Vielleicht war ich in Gedanken noch immer bei dem eben geführten Gespräch mit der Komtess Isabella, deshalb erschrak ich fürchterlich, als wie aus dem Nichts die graue Gestalt der Nonne Elisabeth vor mir stand. Sie muss wohl mein Erschrecken bemerkt haben, denn sie kicherte hinter vorgehaltener Hand.

„Entschuldigung, Herr Leutnant, ich wollte ihnen keinen Schreck einjagen. Im Gegenteil, ich wollte sie um Hilfe bitten. Haben sie einen Moment Zeit für mich?"

Ich konnte das spindeldürre Weib zwar nicht leiden, aber eine höfliche Bitte konnte ich auch nicht abschlagen. Also gab ich durch, wie ich hoffte, nachlässiges Kopfnicken mein Einverständnis zu erkennen. Elisabeth hatte meine Zusage wohl bereits erwartet, denn sie strebte sofort dem Eingang der Bibliothek zu. Ich versuchte in Gedanken zu recherchieren, wie oft ich am heutigen Tag diesen Raum schon betreten hatte. Die Nonne schloss die Tür sorgfältig hinter uns ab. Lief dann zum Kamin, was ich sehr sonderbar fand, und strich an seinen Seiten rechts und links entlang. Erst dann kam sie mit einem zufriedenen Lächeln zu mir.

„Herr Leutnant, ich habe gesehen, dass sie mit der Schwester meines ehemaligen Gatten gesprochen haben. Ich gehe davon aus, dass sie ihnen den Ring ihres Vaters gezeigt hat?"

Zum Donnerwetter was will denn nur alle Welt mit diesem Ring. Wütend antwortete ich ihr: „Die Komtess hat mir keinen Ring gezeigt. Ich selbst besitze auch keinen, weil ich kein Kommandeur einer Eskadron bin. Was wollen sie nur Alle mit diesem Ring?"

Ich merkte richtig, wie sich die Nonne bei meinen letzten Worten spannte.

Lauernd sah sie mich an.
„Aha, es interessieren sich also noch Andere für diesen Ring? Wer?"
Ich sah keinen Grund, ihr auf diese fordernde Frage zu antworten. Deshalb stand ich auf und wollte die Bibliothek verlassen. Da hielt mich doch dieses Weibstück am Ärmel fest und flüsterte mir mit ihrer heiseren Stimme zu: „Sie haben keine Ahnung, dieser Ring ist der Schlüssel für unermessliche Macht. Wer ihn besitzt, kann sich alle Wünsche erfüllen. Ich brauche diesen Ring. Wenn sie ihn haben, müssen sie ihn mir geben. Er darf nicht nach Berlin gelangen."
Es hätte diesem Gestammel nicht bedurft. Die Nonne fing an zu spinnen. Ich riss mich los und verließ fluchtartig die Bibliothek.

* * *

In den Gemächern des Herzogs wurde immer noch heftig diskutiert. Herzog Ernst versuchte Weishaupt davon zu überzeugen, dass Josef dafür gewonnen werden müsste, die Arbeit seines Vaters im Orden fortzusetzen.
„Adam, Fürst Heinrich war unser Mann im Anhaltinischen. Nur sein Sohn kann nach seinem Ableben wieder die Fäden knüpfen. Wir sollten mit ihm reden."
Der Philosoph war noch nicht überzeugt.
„Ich weiß vom Fürsten, dass zwischen ihm und seinem Sohn in den letzten Jahren heftige Spannungen bestanden. Deshalb glaube ich auch nicht, dass er vom Wirken seines Vaters im Orden eine Ahnung hatte. Da scheint es mir durchaus lohnender, uns mit dem Leibarzt des Fürsten zu unterhalten. Er war der Vertraute der letzten Jahre."
Herzog Ernst schüttelte seinen Kopf.
„Adam, ihre Philosophie ist falsch. So wie sie an die Sache herangehen, wird es enden wie bei Ihnen in Bayern. Neue Mitglieder für den Illuminatenorden kommen nur noch aus den niederen Ständen. Dadurch gelingt

es uns nicht, die alten Machtstrukturen der Jesuiten zu unterwandern. Ich will hier in Thüringen und auch in Anhalt, dass die Elite die Ziele unseres Ordens verwirklicht. Ich werde Fürst Josef jetzt zu uns bitten. Danach werden wir sehen, wie es weiter geht."

Es verging nur wenig Zeit, dann trat Fürst Josef ein.

„Sie haben mich um ein Gespräch gebeten, dass kommt mir sehr gelegen, denn ich würde gern über die Beisetzung meines Vaters mit ihnen reden."

Herzog Ernst klopfte Josef kollegial auf die Schulter und schob ihn in einen der bereitstehenden Sessel.

„Darüber haben wir bereits nachgedacht. Ich schlage ihnen vor, wir setzen ihren Vater in der Schlosskapelle bei. Sie haben sicherlich schon die Reliefs der Ahnen meines Geschlechts gesehen. Wir werden beim Steinmetz zwei gleiche Platten in Auftrag geben. Eine davon werden wir auf das Schloss ihrer Vorfahren bringen lassen. Damit werden wir sicherlich ihrem Vater in vollem Umfange gerecht."

Adam Weishaupt hatte von den Gedankengängen seines Gönners keinen blassen Schimmer, lauschte aber mit hoher Aufmerksamkeit dessen Vorschlägen und sah plötzlich eine Möglichkeit, dem jungen Fürsten auf den Zahn zu fühlen.

„Ich habe eine Idee für das Grabbildnis. Ein Relief mit seinem Bildnis sollte unbedingt ergänzt werden durch die Eule der Göttin Minerva, in deren Fängen ein Lorbeerkranz das Buch der Weisheit rahmt, darunter die Schrift Illuminatus regens Rex anhaltinus."

Fürst Josef sah Adam Weishaupt verständnislos an.

„Mein Vater ist nicht Fürst von Sachsen-Anhalt, der sitzt in Ballenstedt. Wir haben nur ein Majoratslehen."

Ein Blick zwischen Herzog Ernst und Adam von Weishaupt genügte. Sie wussten beide, dass Fürst Heinrich seinen Sohn nicht in die Mysterien des Illuminatenordens eingeweiht hatte. Es würde eine lange Nacht werden, in der aus dem Initianden ein Illuminatus maior wurde. Die Dämmerung

des kommenden Tages brach bereits herein, als Josef seinen nom de guerre erhielt. Laweran, der Reisende, sollte der künftige Führer des Ordens in Anhalt genannt werden. Fürst Josef war stolz auf seinen Namen, obwohl er sich ganz im geheimen gewünscht hätte, Abaris, nach einem Zauberer, wie der Geheimrat Goethe aus Weimar, genannt zu werden.
Die Nacht in den Gemächern des Herzogs war zu lang gewesen. Sie konnte Kennern der Geheimgänge im Schloss nicht verborgen bleiben. Mit jeder Stunde, die den neuen Tag ankündigte, wuchs das Entsetzen dieser beiden Menschen. Ihnen wurde klar, wenn die Pläne der Illuminaten sich erfüllen würden, gingen ihre Eigenen in Rauch und Flammen auf.

10. KAPITEL

Pläne

10. März 1780

Aufgeregt lief Isabella in ihrem Gemach hin und her. Es war ein Zufall gewesen, dass sie sich gleich nach dem Abgang des Husarenleutnants in die dunklen Geheimgänge des Schlosses getraut hatte. Sie hatte auch gar kein geplantes Ziel gehabt. Einfach nur durch die Gänge schlendern, hier und da mal hören, was die Mitbewohner des Schlosses so miteinander reden. Den einen oder anderen belauschen. Eventuell konnte man etwas erfahren, was einmal nützlich werden konnte.

Dann hörte sie plötzlich das ihr bestens bekannte scharrende Geräusch einer sich öffnenden Geheimtür. Schnell pustete sie ihre Kerze aus und lauschte angespannt, wer hier die Gänge betrat. Es könnte sich eigentlich nur um ihre ehemalige Schwägerin Elisabeth handeln. Denn nach ihrer Kenntnis gab es niemand weiter, der von den geheimen Verbindungswegen wusste. Sie waren zwar schon gemeinsam unterwegs gewesen, aber heute wollte Isabella nicht von der Nonne gesehen werden. Langsam und sehr vorsichtig bewegte sie sich rückwärts. Erstaunlich wie sicher sie sich in diesen Gängen schon bewegen konnte, obwohl es doch hier stockdunkle Nacht war.

Bald war sich Isabella sicher, dass die Nonne auf sie zukam. Da kam ihr der Abzweig zur Kapelle gerade recht. Nun hoffte die Komtess, dass die Nonne einen anderen Weg gehen würde. Wenn nicht, konnte sie notfalls einen Besuch in der Kapelle, wo ihr Vater nach wie vor aufgebahrt war, angeben.

Isabella hatte sich soweit vom Abzweig entfernt, dass nur noch ein kleines schmales, dafür aber heftig flackerndes Rechteck zu erkennen war. Die Schritte der fremden Person hallten aber überdeutlich in der stickigen Luft des Ganges. Nun huschte die Gestalt, die eine Fackel trug, am Abzweig vorbei. Isabella atmete dankbar auf. Aber was das? Dort lief keine Frau, das war ein Mann. Jetzt wurde Isabella neugierig. Es gab also noch jemanden, der diese geheimen Wege kannte. Vorsichtig folgte sie diesem Mann, bis er stehen blieb. Isabella konnte ihn genau beobachten, da er eine Fackel trug, die im Gegensatz zu ihrer gelöschten Kerze, das Licht hell erstrahlen ließ. Bald war ihr klar, der Mann wollte jemanden belauschen. Denn er hatte seine Fackel inzwischen ebenfalls gelöscht und die Geheimtür, vor welcher er stand, einen winzigen Spalt geöffnet.

Isabella überschlug gedanklich, wer in den Räumen hinter der Tür wohnen dürfte. Erschrocken schlug sie ihre Hand vor den Mund, als ihr klar wurde, dass es sich um die Privaträume des Herzogs handelte. Ihr Schreck sollte sich aber noch um ein vielfaches erhöhen. Isabellas Gehör war gut, trotzdem bekam sie nur Bruchstücke von der Unterhaltung hinter der Tür mit. Diese Bruchstücke reichten der Komtess allerdings, um sie in höchste Unruhe zu versetzen.

Man wollte den Ring ihres Vaters. Herzog Ernst und dieser Philosoph waren hinter dem Ring genauso her, wie Tobias von Wenzel. Alle hatten aber keine Ahnung von der doppelten Funktion dieses Schmuckstückes. Und weil es diese Funktion gab, würden diese Männer den Ring nie bekommen. Er ist der Schlüssel zu meinem Glück.

In ihrer Aufregung versäumte Isabella, zwar nur wenige Augenblicke, den fremden Mann weiter zu beobachten. Erst als sich die Geheimtür mit einem kaum wahrnehmbaren saugenden Ton schloss, wurde ihr bewusst, dass sie schnell verschwinden musste. Die Zeit, die der Fremde zum Anzünden seiner Fackel benötigte, reichte ihr, um es gerade noch zurück in den Gang zur Kapelle zu schaffen, da nahte der Mann auch schon. Isabella konnte mit Mühe und Not ein Kichern unterdrücken. Der Mann trug kurze Hosen, hatte nackte Knie und murmelte vor sich hin. Ein Spinner, dachte sie noch. Aber irgendwie kam ihr der Mann bekannt vor. Dann war der seltsame Fremde wie vom Erdboden verschluckt.

Immer noch vor sich hin kichernd rannte Isabella in Richtung ihres eigenen Gemachs. Plötzlich blieb sie mitten im Gang wie angewurzelt stehen. Was hatte dieser Fremde vor sich hin gemurmelt. Isabella dachte angestrengt nach. Er murmelte etwas von einem Bischof, der sich freuen würde. Einen Bischof habe ich hier in Reinhardsbrunn noch nie gesehen. Von welchem Bischof hat der Fremde gesprochen? Plötzlich fiel Isabella ein, woher sie den Mann mit den nackten Knien kannte.

Das war der Mönch aus Salzburg, er trug nur keine Kutte mehr, sondern die komische kurze Hose. Als Bote für ihren Vater war er ins Schloss gekommen. Die Botschaft hatte Josef ihm abgenommen, weil er jetzt das Oberhaupt der Familie geworden ist. War bei der Übergabe des Schreibens nicht die Rede von mir gewesen? Was stand in dem Brief? Wenn es um mich geht, will ich wissen was darin stand. Ich muss mir das Schreiben unbedingt beschaffen.

* * *

Isabella drehte sich um ihre eigene Achse und rannte den Gang zurück, bis zur engen Wendeltreppe. Mit einem Reifrock konnte man hier nicht hinunter steigen. Es hieß sogar aufzupassen, damit man sich nicht die Ellenbogen aufschrammte. So eng war die Treppe. Schon stand sie eine Etage tiefer hinter dem Kamin von Josefs Salon. Vorsichtig öffnete sie die Geheimtür. Das Zimmer war leer. Isabella rannte zum Sekretär. Hastig riss sie die Schubfächer auf. Durchwühlte ihren Inhalt. Nichts, das Schreiben war nicht dabei. Ein Rundblick gab ihr die Gewissheit, auf allen Tischen, Regalen und Simsen lag nichts, was nach dem gesuchten Dokument aussah. Hier würde ihre Suche erfolglos bleiben.

Dann im Schlafzimmer. Ohne Rücksicht riss Isabella das sorgfältig gemachte Bett auseinander, warf die Kissen zu Boden. Wieder Nichts! Vor dem Frisiertisch drei Holzköpfe mit frisch gepuderten Perücken. Josef der Affe, trägt doch so etwas gar nicht mehr. Auf dem Frisiertisch mehrere Döschen, drei Fläschchen und darunter ein graues gefaltetes Papier. Aufatmend griff Isabella hastig danach. Dabei fiel das größte der Fläschchen um und rollte zum Rand der Frisiertoilette. Sie konnte es gerade noch auffangen, ehe es am Boden zerschellen konnte. Das hätte einen hässlichen Fleck geben können, dachte sie erschrocken. Was ist das eigentlich, was er da stehen hat?

Die junge Frau hielt die kleine braune Flasche zwischen Daumen und Zeigefinger und ging mit ihr zum Fenster. Ein handbeschriebenes Etikett gab über den Inhalt Auskunft. Mühsam entzifferte sie das Wort Belladonna. Entsetzt starrte Isabella auf das Etikett. Hatte Doktor Fritz nicht erklärt, dass ihr Vater mit solch einem Gift der Tollkirsche getötet wurde? Stimmt nicht, das war der Leutnant, als er von Schloss Rammelburg zurückkam. Mechanisch betrachtete sie das Papier, durch das sie auf die Flasche aufmerksam wurde. Es war nicht ihr Brief. Handschriftlich hatte Josef darauf die Wirkungsweise des Giftes der Tollkirsche vermerkt. Isabella wurde es schlecht. Sollte ihr eigener Bruder etwas mit dem Tod ihres Vaters zu tun haben?

Wie in Trance suchte Josefs Schwester weiter nach dem Salzburger Dokument, während gleichzeitig ihre Gedanken im Kopf einen Purzelbaum nach dem anderen schlugen. Aber Josef war doch gar nicht auf Rammelburg, als unser Vater seine Anfälle zum ersten Mal bekam. Hier in Reinhardsbrunn ist er auch erst nach seinem Tod, mit Tobias Wenzel, der ihn in den Bergen aufgespürt hatte, eingetroffen. Josef kann unseren Vater gar nicht umgebracht haben. Aber woher und wozu bewart er dann Belladonna in seinem Schlafzimmer auf?

Noch waren längst nicht alle Zweifel beseitigt. Aber die Überlegungen der jungen Frau über die Ankunftszeit ihres Bruders auf Reinhardsbrunn brachte sie wieder zurück auf den eigentlichen Grund ihrer Anwesenheit in Josefs Gemächern. Sie überlegte, was hatte Josef am Tag als der Bote ankam getragen?

Mit drei Schritten war sie im Ankleidezimmer. Da hing der grüne Lodenrock mit den langen Schößen. Die Taschen innen in den Rockschößen, da knisterte es. Triumphierend hielt Isabella das Schreiben mit dem Salzburger Siegel in den Händen. Josef hatte es nicht einmal gebrochen.

* * *

Nur vier Türen weiter rauchten in Luises Gemach die Köpfe. Fürst Josef neu beseelt durch die Aufnahme in den Illuminatenorden, strebte mit aller Macht einen schnellen Abbruch seines Aufenthaltes auf Schloss Reinhardsbrunn an. Er wollte sich den Titel, den nom de guerre, der seinem Vater verliehen wurde, verdienen. Illuminatus regens Rex anhaltinus. Josef räumte ab sofort diesem Ziel den wichtigsten Platz in seinem Leben ein. Aber er wollte dieses Ziel nicht allein. Das, was sein Vater anstrebte, wollte er vollenden.

„Sobald mein Vater bestattet ist, werde ich nach Berlin reisen und in der Staatskanzlei um die Erlaubnis nachsuchen, meinen Sohn Konrad zu adoptieren. Unter meinen Fittichen wird er zu Macht und Ansehen kommen. In der Zwischenzeit wirst du dich um die Wirtschaft auf Schloss Rammelburg kümmern."

Luise war erst sprachlos und platzte dann mit aller Vehemenz los.

„Schlag dir diese Vorstellung aus dem Kopf! Meinen Sohn bekommst du nie! Und deine Putze werde ich auch nicht spielen! Da musst du dir schon eine Andere suchen."

Im ersten Augenblick herrschte im Zimmer betretene Stimmung. Dann erinnerte sich Josef daran, welches neues Mittel der Macht ihm durch den Herzog mit dem neuen Titel Illuminatus regens Rex in die Hände gegeben wurde. Natürlich war ihm klar, dass diese Macht erst noch erweckt werden musste, dass wollte er auch mit allen Mitteln, die ihm zur Verfügung standen, tun. Man könnte doch schon jetzt mal versuchen, wie das ist, Macht ausüben zu können. An dieser Stelle begann sich in Josef der arrogante Stolz auf die eigene Unfehlbarkeit zu regen. Nur so waren seine nächsten Worte zu erklären.

„Ich habe dir deinen Knaben gemacht. Doch was wirst du ihm schon bieten können. Kind einer Wirtschafterin. Als mein Sohn wird er das Erbe der Fondis antreten. Er wird mit mir über die Mysterien herrschen, die ich ihm in den nächsten Jahren errichten werde."

Doktor Fritz drohte der Kragen zu platzen.

„Meine Frau wird niemals ihre Wirtschafterin werden. Ihr Platz ist in meinem Spital. Was unseren Sohn Konrad betrifft, er wird eine Lehre als Forstmann beginnen und danach in Berlin an der 1. preußischen Forstakademie studieren. Wenn er einen erfolgreichen Abschluss erreicht hat, wird er, so Gott es will, über ein Forstrevier herrschen, dazu braucht er keine Mysterien."

Bei den ersten Worten des Doktors verzerrte sich Fürst Josefs Gesicht zu einer hässlichen Fratze, um dann mehr und mehr einem überheblichen Grinsen Platz zu machen. Kaum hatte der Doktor ausgesprochen, warf Fürst Josef höhnisch ein: „Meine Frau, ich höre immer nur meine Frau. Sie sind doch gar nicht verheiratet!"

„Doch, sofort, wenn Frau Luise ja sagt."

Als erste fand Luise ihre Sprache wieder. Mit einem Satz saß sie dem Doktor auf den Schoß, schlang ihre Arme um seinen Oberkörper und jubelte: „Ja, wenn du versprichst unserm Konrad ein guter Vater zu sein, dann will ich deine Frau werden."

Diese Entwicklung passte Fürst Josef überhaupt nicht in seine Pläne. Deshalb fasste er Luise wütend an beide Schultern, zog sie vom Schoß des Doktors und zischte ihr ins Gesicht.

„Konrad ist mein Sohn. Er wird mein Erbe, ob es dir genehm ist oder nicht. Noch untersteht mir das Patronatsgericht in Mansfeld und dort wird entschieden, was ich befehle. Deinen Doktor kannst du heiraten, aber Konrad bekommst du nicht."

Doktor Fritz hätte später niemanden erklären können, was in diesem Augenblick in ihn gefahren ist. Er sprang auf, riss Fürst Josef von Luise weg, packte den völlig Verdutzten am Kragen, schob ihn zur Zimmertür hinaus und brüllte laut hinter ihm her, so dass jeder im Schloss seine Drohung laut und deutlich vernahm.

„Wenn sie meiner Luise ihren Sohn wegnehmen lassen, dann werde ich sie jagen wie einen tollwütigen Hund und erschießen!"

* * *

Isabella war in ihr Gemach geeilt. Sorgfältig verschloss sie alle Türen und stellte einen der kostbaren Kerzenständer direkt am Fußboden an der Ecke zum Kamin. Würde der Kamin sich bewegen, fiel der Leuchter unweigerlich mit großem Getöse um. Die Komtess wollte auf gar keinen Fall überrascht werden. Nun erst brach sie das Siegel des Briefes und begann zu lesen.

Hoheit,

im Namen meines Bruders, Hofrat Gundaccar von Colloredo, erlaube ich mir, um die Hand ihrer Tochter Isabella anzuhalten. Mein Bruder hat ihre Tochter am Hofe der Prinzessin Kunigunde von Sachsen kennen lernen dürfen. Er ist überzeugt in der Komtess die Gemahlin zu finden, welche an seiner Seite eine würdige Repräsentanz verkörpert. Sollten Sie meinem Werben zustimmende Interesse entgegenbringen, lassen Sie es mich schnellsten wissen, damit über alle Fragen, welche mit einer solch bedeutsam Vermählung einhergehen, zu klären sind.

Hochachtungsvoll

Erzbischof
Hyronimus von Colloredo

Isabella drückte den Brief an ihre Brust. Ein unbeschreibliches Glücksgefühl ohne gleichen durchströmte sie. Doch dann traf sie ein heftiger Schreck. Der Brief war an ihren Vater gerichtet, und der war tot. Wer sollte an seiner Stelle antworten. Josef? Isabella zweifelte, ob ihr Bruder überhaupt gewillt war, der Werbung des Hofrates im Augenblick gebührende Aufmerksamkeit zu schenken. Also würde sie selbst dafür sorgen müssen, dass schnellstens eine Antwort auf das Ersuchen des Bischofs erfolgte.
Zu sehr hatte sie sich den Antrag des Hofrates gewünscht und sie war sich sicher, ihr Vater wäre mit dem künftigen Schwiegersohn mehr als einverstanden gewesen.

Isabella erinnerte sich, wie sie ihrem Traummann das erste Mal begegnet war. Sie war erst wenige Wochen am Hofe der Prinzessin Kunigunde von Sachsen gewesen. Anlässlich der Geburtstagsfeier des siebzehnjährigen Kurfürsten Friedrich August pilgerte die gut gelaunte Schar der Geburtstagsgäste gemeinsam von der kurfürstlichen Residenz zum nahen Elbufer, um dort die bereitliegenden großen, bunt geschmückten Ruderboote zu besteigen. Die Fahrt sollte zum Wasserschloss in Pillnitz gehen. Isabella fand im Boot unweit des Kurfürsten einen Platz. Ihr direkt gegenüber nahm neben Friedrich August ein großer, elegant gekleideter Mann Platz. Isabella war vom ersten Moment an von dem asketischen Gesicht mit der hervorstechenden Hakennase des Fremden angetan. Der Mann war keine Schönheit, strahlte aber Souveränität und Machtbewusstsein aus.

Isabella wollte unbedingt erfahren, wer dieser faszinierende Fremde war. Sie spitzte ihre Ohren. Trotzdem konnte sie nur Bruchstücke verstehen. Es ging um ihre Prinzessin Maria Kunigunde. Von einer Fürstäbtissin war die Rede. Mehrfach wurde das Stift Essen erwähnt. Die wichtigste Nachricht erfuhr die Komtesse zuletzt. Die Prinzessin würde in Kürze Dresden verlassen und zu ihrem Bruder Wenzeslaus nach Koblenz ziehen. Isabella atmete tief durch. Die gesamte Bootsfahrt grübelte sie, was sie mit diesen Informationen anfangen könnte. Stift, Äbtissin und Kloster, dies waren drei Dinge, die zusammenhingen. Die Prinzessin würde ihre Damen mitnehmen wollen. Ins Kloster wollte Isabella aber um nichts in der Welt. Also nutze deine Zeit, gab sie sich selbst den Rat, und schau dich nach Alternativen um. Sie wollte unbedingt mehr über die künftige Lebensplanung der Prinzessin Kunigunde erfahren. An den Kurfürsten heranzutreten, wagte sie sich nicht. Deshalb beschloss sie, den geheimnisvollen Mann auszuhorchen, sobald sie in Pillnitz angekommen waren.

Aber vorerst fand sich dazu keine Gelegenheit. Die Komtesse Isabella musste das gesamte Hofzeremoniell der Vorstellung der Gäste erdulden. Erst danach, als in der Weite des Lustgartens mit den zahlreichen Springbrunnen, Mimen, Gaukler und Sänger auf verschiedenen Bühnen zur Lustbarkeit der Gäste ihr Können zeigen durften, hatte Isabella wieder Zeit, sich um den geheimnisvollen Mann zu bemühen.

Wenn sie heute an diesen Tag zurück dachte, musste sie über ihren eigenen Mut staunen. Ohne offiziell vorgestellt zu werden, hatte sie den Mann angesprochen. Ihre unkonventionelle Art imponierte dem Hofrat, und so blieb es in den nächsten Wochen nicht nur bei dieser einen Begegnung zwischen dem Paar. Es blieb somit nicht aus, dass die jungen Leute in ihre intensiven Gespräche Isabellas vorteilhafte Lage des böhmischen Erbgu-

tes Dobris neben bereits vorhandenen Ländereien des Hofrates erkannten. Beides empfanden sie als durchaus Impuls gebend für eine Vereinigung beider Geschlechter.
Angesichts dieser tief empfundenen Interessenübereinstimmung entschloss sich Isabella ihren Bruder zu umgehen und dem Hofrat direkt zu schreiben.

Es wurde ein langer Brief. Er schilderte die Ereignisse der letzten Wochen in ihrer Familie, sprach von ihrer Liebe zu ihm und drückte die Hoffnung auf eine baldige Vermählung aus. Warum sie dann allerdings diesem Brief noch einen Anhang beifügte, konnte sie sich später selbst nicht erklären. In diesem Anhang berichtete sie dem Hofrat über die Absichten des Herzogs Ernst, seines Freundes Adam Weishaupt und über die künftige Rolle, die ihrem Bruder Josef zugedacht wurde. Dabei erwähnte sie so ganz nebenbei, dass wahrscheinlich dem Totenkopfring ihres verstorbenen Vaters eine wichtige Rolle bei der Festigung des Einflusses der Illuminaten zukomme. Denn sie wisse aus belauschten Gesprächen, dass kirchliche Personen nach ihm suchten. Obwohl dieser Brief für den Mann ihres Herzens bestimmt war, vertraute sie ihm nicht an, dass sie wusste, wo der Ring zu finden war.

Isabella wollte ihre Nachricht an den Hofrat auf den schnellsten Weg in das Salzburger Land gelangen lassen. Deshalb war es nahe liegend die Zeilen dem Boten des Erzbischofs und Bruder ihres Favoriten, dem Mönch Anselm, anzuvertrauen. Woran die Komtess aber nicht dachte, dass Augen die Zeilen lesen könnten, für die sie nicht geschrieben wurden.

* * *

In der Schlossküche duftete aus einer riesigen Pfanne garendes Fleisch. Immer wieder löschte der nicht gerade schlank zu nennende Koch die saftigen Fleischstückchen mit einem Kräutersud ab. Am Tisch rollte eine einzelne Frau einen Teig zu einer armdicken Rolle zusammen. Mehrere Schüsseln mit verschiedenen Gemüsesorten warteten auf einer Anrichte in verschlossenen Terrinen, dass man sie im Speisesaal servieren würde. Die Frau hatte große Schwierigkeiten ihr widerspenstiges rotes Haar mit einem Kopftuch zu bändigen. Immer wieder verstanden es einzelne Löckchen sich aus dem wollenen Gefängnis zu befreien und lustig vor den Augen der bildhübschen Küchenmagd herumzutanzen. Wenn nun jemand versucht diese Löckchen einzufangen, der gleichzeitig eine Teigrolle herstellt, dann ist es lediglich eine Frage der Zeit, bis diverse Teig- und Mehlspuren auf Stirn und Wangen lustige Zeichnungen hinterlassen. Von der Entstehung solcher Kunstwerke hatte die Magd keine Ahnung, denn ihre gesamte Aufmerksamkeit richtete sich auf den Eingang zum Kellergewölbe.

Dort stand die Nonne Elisabeth und redete heftig auf den Mönch Anselm ein. Doch dem schien das Gehörte in keiner Weise zu gefallen. Denn er schüttelte unablässig sein Haupt verneinend hin und her. Die rothaarige Magd versuchte sich unauffällig näher an die beiden Streithähne zu pirschen. Zu gern hätte sie den Grund ihrer Auseinandersetzung erfahren. Der Zufall kam ihr zu Hilfe. Über seine Schulter rufend, forderte der Koch die Magd auf, aus dem Weinkeller einen frischen Krug des roten Frankovka aus den Leitmeritzer Weinbaugebiet, zu holen. Die Treppe zum Weinkeller begann direkt gegenüber dem Eingang zum Kellergewölbe, vor dem die Nonne und der Mönch stritten.

Die rothaarige Magd huschte schnell zur Weinkellertreppe, blieb aber nach wenigen Stufen stehen, um dem leise geführten Streit lauschen zu können.

„Gib mir den Brief der Komtess!“

„Nein, dieser Brief ist für den Bruder meines Bischofs bestimmt!“

„Dann mach ihn auf! Ich muss wissen, was die Schwester meines Gatten vom Hofrat will.“

„Hi, hi, ich höre immer Gatten. Du bist doch gar nicht verheiratet!“
„Verdammt! Anselm, wenn du es mir verweigerst, dass ich den Inhalt des Briefes lesen kann, erfährt der Herzog von mir, dass du gar kein Mönch bist.“
Am Eingang des Gewölbekellers wurde es totenstill. Die Magd wurde neugierig und schlich sich vorsichtig die wenigen Stufen wieder hinauf. Was sie dort sah, verschlug ihr den Atem. Der Mönch umkrallte mit beiden Händen den Hals der Nonne und stieß ihr hasserfüllte Worte ins Gesicht.
„Wenn du das machst, erfährt der Herzog, wie Fürst Heinrich ums Leben gekommen ist!“
Das bleiche Gesicht der Nonne begann bereits eine bläuliche Färbung anzunehmen, als der falsche Mönch seine Hände plötzlich von ihrem Hals löste und sie dafür am Arm packte.
„Komm mit du Betschwester. Ich will sehen, was ich für dich machen kann“, forderte er sie auf und zog sie die Kellerstufen hinunter.
Nur einen winzigen Augenblick zögerte die Magd, dann entschloss sie sich den beiden Gestalten zu folgen. Sie hatte nur noch drei Stufen zu erklimmen und wollte gerade über den Flur huschen um im gegenüberliegenden Kellereingang zu verschwinden, da wurde sie mit eiserner Faust an der Schulter fest gehalten und eine wohl bekannte Stimme raunte ihr ins Ohr: „Hab ich dich endlich erwischt meine rote Hexe. Erzähle mir bloß nicht, dass du nicht Zita heißt. Jetzt kommst du mit und erzählst mir warum du fremde Menschen belauschst.“

11. KAPITEL

Der Sarg im Keller

In der Nacht vom 10. bis zum 11. März 1780

Auf dem Weg in mein Gemach habe ich Zitas Arm nicht wieder losgelassen. Noch einmal sollte mir die Frau, die in den letzten Wochen meine Träume bestimmte, nicht entwischen. Heute wollte ich das Geheimnis dieser Frau erfahren. Wie habe ich sie nicht schon erlebt. Kennen gelernt als elegante Dame auf Reisen, die einen kleinen Husarenleutnant völlig durcheinander bringen konnte. So sehr, dass ich in anderen Frauen stets meine süße Hexe gesehen habe. Ich denke dabei nur an die Begegnung mit Luise in der Schlosskapelle in Reinhardsbrunn oder an die Mundschenkin von der Wöbelsburg.

Hexe, ja sie musste eine Hexe sein, nur so war es erklärbar, dass sie von der ersten Minute unserer Begegnung von meinem Auftrag wusste. Immer wieder war Zita da, wenn ich bei meinen Recherchen nicht mehr weiter kam, zuletzt brachte sie uns auf die Spur des Labors in Rammelburg. Was will diese Frau?

Wütend riss ich die Tür zu meinen Gemächern auf und stieß sie hinein. Zita stolperte nicht einmal. Fast hatte ich den Eindruck, sie schwebte freiwillig in den Salon hinein. Nun stand sie lächelnd am Kamin, ihr Kopftuch hatte sie längst herunter genommen und die rote Fülle ihrer Haare fiel ungehemmt bis über die Schultern herunter. Oh, wie liebte ich diese Frau. Ich merkte, wie mein Zorn zu verrauchen begann. Die Sehnsucht, sie in den Arm zu nehmen wurde stärker und stärker. Langsam ging ich auf sie zu. Ihr Lächeln wurde intensiver, je näher ich ihr kam. Vergessen waren alle Fragen, die bis vor kurzen noch auf meiner Seele brannten.

Ich stand vor ihr. Zitas Mund lockte verführerisch. Wie unter einem Zwang begann ich mich zu ihr hinunter zu beugen. Da stoppte sie mich mit ihrer Hand. „Wolltest du mich nicht etwas fragen? Wer ich bin? Woher ich komme?“

Wenn mir jemand einen Eimer kaltes Wasser über den Kopf gegossen hätte, könnte die Wirkung nicht größer gewesen sein. Ich stand wie erstarrt vor der Frau, für die ich gerade bereit war, mein ganzes Leben auf den Kopf zu stellen. Ausgerechnet dieses Geschöpf erinnerte mich daran, weshalb ich sie eigentlich in meine Gemächer geschleppt hatte. Tief durchatmen, die zu Fäusten geballten Hände lösen, einen Schritt zurück treten, Aktionen, welche mein Körper mechanisch auslöste und alles, ohne einen Blick aus ihren eisblauen Augen lösen zu können.

Es war Zita, die sich von mir wegdrehte. Ich hörte sie sprechen. Aber es dauerte, ehe die Laute mein Gehirn erreichten.

„Ich weiß, dass du darüber nachdenkst mich zu deiner Gemahlin zu machen. Zu gern würde ich deinem Werben folgen, aber es geht nicht. Ich bin keine Frau, die dir ein Weib sein kann. Ich bin ein Windhauch, der von den Bergen weht. Und der, der da bläst, bestimmt über mich. Ich werde immer da sein, wenn du mich brauchst. Aber du brauchst mich nicht, um dir eine Gefährtin für Alltag des Lebens zu sein. Trotzdem wünsche ich mir, dass mich dein Verlangen sehr oft ruft, denn dann darf ich diesem Verlangen folgen. Ich liebe dich so, wie es ein Wesen, wie ich es bin, tun darf. Und nun, mein liebster Tobias, geh hinunter in den Keller, dort wirst du Antworten finden, die vieles, was in den letzten Wochen geschehen ist, erklären.“

Ich spürte Zitas Lippen, wie sie die Meinen berührten. Ich bemühte mich, ihren Körper zu fassen, aber er durchrieselte meine Finger, wehte hinaus aus meinem Gemach, ohne dass eine Tür ins Schloss fiel.

* * *

Es müssen Minuten vergangen sein, ehe ich wieder einen klaren Gedanken fassen konnte. Es war wie immer, wenn ich ihr begegnete. Meine rothaarige Hexe Zita versetzte mich in einen Taumel der sinnlichsten Gefühle, um mich anschließend in den Schlund der Ohnmächtigkeit zu verstoßen. Ich schwor mir, ihrem Charme, ihrer Sinnlichkeit nie wieder zu unterliegen, wusste aber gleichzeitig, dass bei der nächsten Begegnung alle meine Vorsätze wie Staub in den Wüsten Afrikas verwehen würden.

Tief atmete ich ein und stieß den gesamten Lungeninhalt mit einem einzigen Atemzug aus. Allmählich gewann ich meinen Tatendrang zurück. Was hatte mir Zita geraten? Geh in den Keller, dort würde ich Antworten finden. Ja, ich werde ihrer Aufforderung folgen. Kurz huschte mir der Gedanke durch den Kopf, meinen Säbel mitzunehmen. Aber ein Blick in den mannshohen Spiegel meines Ankleidezimmers machte die Unsinnigkeit dieses Gedanken sofort deutlich. Er wäre in den Gewölbegängen des Schlosses nur hinderlich. Also schnallte ich ihn ab und langte nach meiner Perkussionspistole. Ich war sehr stolz auf diese Waffe. Der Regensburger Waffenschmied Kuchenreuter hatte sie vor einigen Jahren aus einer Steinschlosspistole umgebaut. Der Schaft aus Nussbaumholz lag wunderbar in der Hand und die eisernen Beschlagteile trugen das Zeichen der Eule der Minerva. Die Waffe war kürzer und wesentlich leichter als ein Säbel und hatte einen entscheidenden Nachteil. Es dauert immer ziemlich lange, wenn man die Pistole einmal abgefeuert hatte, bis sie wieder geladen war. Aber notfalls konnte man sie auch als Keule im Nahkampf benutzen. Sorgfältig füllte ich die erforderliche Pulvermenge mit dem Maß ab, stopfte es mit dem Horndöpper fest und legte mit der Kugelzange das längliche Bleigeschoß in den Lauf. Nun noch das Zündhütchen auf den Hammer und ab ging es zur Kellertreppe.

Die geschwungene Treppe wurde gleich am Anfang durch eine brennende Fackel erleuchtet. In der Regel war das ein Zeichen, dass sich jemand im Keller aufhält. Die Pistole in der rechten Hand tastete ich mich

Schritt für Schritt nach unten. Es waren sehr viele Stufen, aber nur wenige, die man durch die Wendeltreppe einsehen konnte. Ich war also auf mein Gehör angewiesen, damit ich nicht überrascht wurde. Endlich war das Ende der Treppe in Sicht. Die schwere Bohlentür stand weit offen und dahinter war es stockdunkel. War doch kein Mensch mehr hier unten? Hatte man nur vergessen die Fackeln auf der Treppe zu löschen? Was sollte ich tun? Weiter gehen oder umdrehen?

Zita hatte mich aufgefordert, in den Keller zu gehen. Dort sollte ich Antworten finden. Also weiter gehen. Ich nahm die letzte brennende Fackel aus der Halterung des Treppenganges und schob sie durch die Tür zum Kellergewölbe. Das Licht der Fackel reichte nicht sehr weit. Ich stand in einem langen Gewölbeschlauch, in dem gerade einmal drei Männer nebeneinander laufen konnten. Ein vierter müsste dann schon gebückt gehen. Der Gang war leer. Ganz hinten, etwa 25 Schritt entfernt, waren im flackernden Schein meines Lichtes rechts und links abgehende Türen auszumachen. Ob dahinter die Antworten auf meine Fragen zu finden waren?

Ich hatte etwa die Hälfte des Gewölbeschlauches passiert, da fegte plötzlich ein Windstoß durch den Gang. Hinter mir fiel mit einem donnernden Knall die Bohlentür zu und gleichzeitig verlosch meine Fackel und ich stand fluchend in der totalen Finsternis. Der Fluch sollte mir im Halse stecken bleiben und ich war heilfroh, dass meine Fackel im Wind erloschen war. Denn am Ende des Gewölbeschlauches schlug die rechte Tür in diesem Moment weit auf und warf einen breiten Lichtstreifen in den finsteren Gang. Bis zu mir reichte dieser Streifen Gott sei Dank nicht. Aber ich konnte den Mann in seiner bodenlangen Kutte in voller Schönheit bewundern. Der Mönch Anselm stand mitten im Bogen der geöffneten Tür und rief: „Wer ist da?“
Ich hütete mich zu antworten und drückte mich gleichzeitig ganz tief an den Rand des Gewölbes. Sogar meinen Atem hielt ich an. Anselm schien

kein Mensch von großer Geduld zu sein. Denn gleich darauf schloss sich die Tür hinter ihm und die Finsternis senkte sich wieder über mich. Es brauchte eine Ewigkeit, zu mindestens kam mir die verflossene Zeit so vor, ehe ich mich im Gang einigermaßen orientieren konnte. Aus der konturlosen schwarzen Nacht, wurde nach und nach ein graues, sehr graues wuseliges Etwas, indem rechte und linke Mauern zu erahnen waren und am Ende des Gewölbes tauchte ein helleres gegenüber einem nachtdunklen Loch auf. Ich tastete mich zu dem etwas helleren Eingang. Ganz vorsichtig legte ich mein Ohr an die Tür. Tatsächlich in dem Raum stritten zwei Personen. Eine Stimme konnte ich dem Mönch zuordnen. Die Andere, schrillere, war unverkennbar einem Weibe zugehörig. Dieses Weib schrie den Mönch mit ihrem hohen Diskant an.
„Öffnen sie den Brief endlich!"
Nach dieser Stimme konnte die zweite Person nur die Nonne Elisabeth sein. Doch der Mönch schien sich ernsthaft ihrem Ansinnen entgegen zu stellen.
„Wenn wir den Brief öffnen, müssen wir das Siegel der Komtess brechen. Das geht nicht. Also müssen wir es erst vorsichtig entfernen. Dazu brauche ich ein scharfes Messer aus der Küche und danach eine kleine Kerze, die Fackeln hier unten sind mir zu groß."
Ich hörte die Nonne verwundert fragen: „Wozu ein Messer notwendig ist, leuchtet mir ein. Doch wozu brauchen sie eine Kerze? Wir haben hier unten doch genug Licht."
Der Mönch schien ärgerlich zu werden.
„Das Siegel muss wieder heiß gemacht werden, um es auf den Brief zu drücken. Nun gehen Sie schon."
Sogar hier hinter der Kellertür konnte ich spüren, wie es die Nonne darauf anlegte an das Schreiben zu kommen. Ich war überzeugt, dass sie den Mönch über das Ohr hauen wollte. Nur so war ihr Vorschlag zu verstehen.
„Dann gehen Sie doch hoch in die Küche. Ich passe inzwischen auf den

Brief auf."
Ich konnte hören wie der Mönch zu lachen begann.
„Nein, meine Werteste, so haben wir nicht gewettet. Sie werden gehen und ich warte hier unten auf sie. Der Brief geht mir nicht aus der Hand."

Jetzt wurde es mir mulmig. Wenn einer der beiden aus dem Keller kam um in die Küche hinauf zu steigen, würde er mich unweigerlich sehen. Hastig sah ich mich um. Mein Blick fiel auf die gegenüberliegende Kellertür. Mit vier Schritten war ich dort, drückte den Riegel herauf und atmete auf. Die Tür war unverschlossen. Schnell hatte ich einen Spalt geöffnet und huschte in das dahinter liegende Gewölbe. Von der Tür ließ ich nur einen winzigen Spalt offen. Keine Sekunde zu früh. Denn drüben riss die Nonne wutentbrannt die Tür auf und stürmte mit einer brennenden Fackel in der Hand die Treppe hinauf.

Mir war klar, sie würde in wenigen Minuten zurückkommen. Viel Zeit, mein Versteck in Augenschein zu nehmen würde mir nicht bleiben. Eigenartiger Weise war dieses Kellergewölbe nicht so dunkel wie die anderen Räume. Von oben, ich befand mich offensichtlich direkt unter der Schlosskapelle, fiel durch eine schmale Luke ein matter Schein genau in die Mitte des Kellers. Dort stand der zweite Sarg.

* * *

Vom Gewölbegang hörte ich Schritte. Die Nonne kam zurück und schlug krachend die Tür zum Nachbarkeller zu. Vorsichtig schlich ich mich wieder auf meinen Horchposten. Die Tür zu meinem Versteck hatte ich vorsichtshalber offen gelassen. Ich hatte Glück. In ihrer Rage hatte Elisabeth nicht darauf geachtet, dass bei ihrem schwungvollen Eintritt die Tür nicht ins Schloss gefallen ist. Ich konnte beide durch einen schmalen Spalt deutlich erkennen. Sie hantierten lautlos am Siegel des Briefes.
„Hach! Ich habe ihn!"

Anselm hielt das Siegel triumphierend in die Höhe, während die Nonne das Schreiben auseinanderfaltete und zu lesen begann um es kurz darauf enttäuscht auf den Tisch zu werfen.
„Was soll das Illuminatengeschwätz? Kein Wort davon, wo der Alte seine Taler oder sein Testament versteckt hat. Ich brauche 3000 Taler und weiß nicht woher ich sie nehmen soll!"
„Wofür braucht eine Nonne so viel Geld? Wollen sie sich ein eigenes Kloster kaufen?"
Anselm konnte nicht ahnen, wie sehr er der Wahrheit nahe kam. Da hatte ich ihm etwas voraus, weil mir bereits bekannt war, dass Elisabeth dieses Geld brauchte, um ihre Wahl zur Äbtissin ihres Klosters zu entscheiden. Für mich war viel interessanter, was sie mit Illuminatengeschwätz bezeichnete. Leider konnte ich nicht hinein gehen und selbst nachsehen. Dieser Anselm schien sich auch mehr dafür zu interessieren was sich hinter dem Illuminatengeschwätz verbarg. Er hatte den Brief an sich gerissen und studierte ihn sorgfältig. Was nun allerdings passierte, damit konnte nicht einmal ich rechnen.

Plötzlich sprang der Mönch von seinem Stuhl hoch, packte die Nonne Elisabeth an der Gurgel. Ich konnte doch nicht wissen, dass dieser Würgegriff bei dem Mönch zur normalen Kommunikation mit Frauen seines eigenen Glaubens gehörte. Deshalb stand ich vor dem Dilemma, entweder in den Keller stürzen und der Nonne das Leben retten, oder darauf zu vertrauen, dass der Mönch doch nicht zum Mörder wurde. Ich entschied mich, meinen heldenhaften Einsatz zu verschieben. Wie gut ich daran getan hatte, wurde in den nächsten Minuten deutlich.

Ohne seine Hand vom Hals Elisabeths zu lösen zischte er ihr ins Gesicht: „Ich ahnte schon lange, dass du den Alten vergiftet hast. Nun weiß ich auch warum? Du hast den Ring. Diesen Ring gibst du mir oder ich bringe dich um."
Was ich durch den Türspalt genau sehen konnte, der Mönch in seiner

Rage total übersah, war das aufgeregte Kopfschütteln der Nonne. Reden konnte sie scheinbar nicht, der Druck auf ihren Kehlkopf musste enorm stark sein. Sie hämmerte dem fanatischen Mönch mit beiden Händen auf Kopf und ins Gesicht. Das schien Diesen überhaupt nicht zu stören. Er drückte die Frau immer weiter hinunter auf die Tischplatte und kreischte ununterbrochen: „Rück den Ring raus, du katholisches Miststück! Der Ring gehört mir!“

Ich war entsetzt. Wie können nur zwei Christen sich so unflätig beschimpfen. So benehmen sich nur aus der höllischen Unterwelt ausgestoßene Kreaturen. Ich befand mich in einer Zwickmühle. Auf der einen Seite hatte ich erfahren, dass der Doktor mit seiner Vermutung Recht hatte, und wir seit der Entdeckung des Labors ahnten, der Fürst war ermordet worden und nun kannte ich die Mörderin. Aber andererseits hätte ich gern mehr über diesen ominösen Ring erfahren, um den hier gestritten wurde. Was war das für ein Ring, den die Nonne haben sollte? Wozu war dieser Ring so wichtig? Welche Macht verlieh er seinem Besitzer? Hatte ihn die Nonne an sich gebracht?“

Im Keller spitzten sich die Handgreiflichkeiten zu. Ich hatte mich gerade entschlossen einzugreifen, zog den Hammer an meiner Pistole zurück und griff nach dem Riegel der Kellertür, da bemerkte ich aus den Augenwinkeln, wie sich die Rückwand des Gewölbeganges zu bewegen begann und plötzlich wieder stoppte.

Rückwärts, Schritt für Schritt strebte ich der Tür zu meinem Versteck zu, ohne die geheimnisvoll schwenkende Wand aus den Augen zu lassen. Meine Pistole starr auf den schmalen, im Mauerwerk entstandenen Spalt gerichtet. Gleich war ich in Sicherheit. Aufatmend schob ich die Tür zu meinem Versteck zu und ließ den Lauf meiner Pistole zum Boden sinken. Da traf mich ein harter Schlag auf den Hinterkopf. Noch im Fallen drehte ich mich. Das letzte was ich sah, waren die Konturen des zweiten Sarges. Dann senkte sich die Nacht über mich.

* * *

„Er kommt zu sich.“

Von weit her schienen diese vier Worte zu kommen. Komisch, dass mir aufgefallen ist, wie viel Worte gefallen sind. Mühsam versuchte ich meine Augen zu öffnen. Sie waren total verklebt. Ich spürte, wie ein feuchter Lappen über meine Stirn, Augen und Gesicht fuhr. Nun bekam ich meine Augenlider auseinander. Ein Fehler, ein Blitz stach mir in die Pupille. Geblendet schloss ich sie wieder.

„Nimm die Fackel weg!“

Hörte ich die weibliche Stimme erneut. Richtig eine Frau war es eben gewesen, die mich wieder auf dieser Welt begrüßte. Wage begann ich mich zu erinnern, was geschehen war. Vorsichtig tastete ich mit meiner rechten Hand an den Hinterkopf. Eine riesige klebrige Beule.

„Herr Leutnant hat eine Platzwunde am Kopf. Wie ist das passiert?“

Die Stimme kannte ich. Das war der Doktor aus dem Harz. Was kann der für blöde Fragen stellen. Woher soll ich wissen, wer mich niedergeschlagen hat? Moment mal, jetzt weiß ich es wieder. Mir hat einer von hinten auf den Kopf geschlagen. Es muss mindestens eine Eisenstange gewesen sein. Die nächsten Worte des Doktors raubten mir diese Illusion sofort wieder.

„Sie müssen mit dem Kopf an diesen Sarg gestoßen sein.“

Sarg? Richtig! In meinem Versteck stand der zweite Sarg von unserem Schlitten. Aber der stand doch in der Mitte des Kellers auf dem Boden und nicht hochkant neben der Tür. Mühsam zwang ich mich wieder meine Augen zu öffnen. Das Licht war nicht mehr ganz so grell. Das erste was ich sah, waren rote lockige Haare und ein schönes Gesicht, welches sich über mich beugte. Mein Herz schlug schneller, um gleich darauf tiefer Enttäuschung Platz zu machen. Es war nicht Zita, sondern die Wirtschafterin des Ermordeten. Ach ja, ich musste dem Doktor sagen, dass seine Vermutung stimmte.

Mit einem Mal war ich hellwach. Noch pochte es in meinem Hinterkopf fürchterlich, aber meine Gehirnzellen begannen wieder zu arbeiten. Ruckartig richtete ich mich auf. Autsch! Der nächste Fehler. Sterne begannen im Keller zu tanzen. Mein Magen revoltierte. Aber ich stand. Allmählich hörte auch das Zittern in meinen Beinen auf. Nun berichtete ich meinen beiden atemlos zuhörenden Rettern von meinen jüngsten Erlebnissen.

Noch während meiner letzten Worte liefen wir hinüber in den anderen Keller. Er war leer. Nicht mal der Tisch in der Mitte des Raumes war vorhanden. An den Wänden keine Fackeln, weder abgebrannte noch neue. Ich konnte genau spüren, wie skeptisch mich der Doktor und Luise betrachteten. Aber ich habe nicht gesponnen. Ich habe gesehen wie die Nonne den Brief aufriss. Ein kleiner Schnipsel ist ihr in der Rage abgerissen und zu Boden gefallen. Ich sehe das Bild noch vor mir.

Zu Boden gefallen. Hastig ließ ich mich auf die Knie nieder. Stück für Stück suchte ich den Kellerboden ab. Da! Da lag der Fetzen. Triumphierend hielt ich ihn in die Höhe. Sogar Schriftzeichen waren noch darauf zu erkennen. Zwei Zahlen, eine sieben und eine neun. Luise war es, die die Zahlen deutete.

„1779. Ein Brief, der vom vergangenen Jahr stammt."

Nun begann man mir zu glauben. An der Wand des Gewölbeganges entdeckte der Doktor Schleifspuren und erneut war es Luise, die die Lösung parat hatte.

„Die Schleifspuren könnten von einer geheimen Tür stammen."

Diesmal blieb es mir vorbehalten, den Mechanismus zum Öffnen der Geheimtür zu finden. Der Doktor wollte gleich die Gänge erkunden, doch ich stoppte ihn.

„Warten Sie Doktor. Wir nehmen meine Pistole mit."

Ich stürmte zu meinem Keller und hörte im Unterbewusstsein, wie Luise

hinter mir her rief.
„Was für eine Pistole? Sie hatten keine Pistole bei sich.“
Luises Worte sollten sich zu einem Problem entwickeln. So sehr wir auch suchten, meine Pistole blieb verschwunden. Mir wurde klar die Nonne Elisabeth oder Bruder Anselm mussten die Pistole an sich genommen haben.
„Doktor, wir müssen sofort nach oben. Wir müssen die beiden festsetzen, den Herzog und Fürst Josef informieren und den Beiden meine Waffe wieder abnehmen.“
Irritiert schauten sich Luise und der Doktor an, auch folgten sie meiner Bitte in keiner Weise. Schließlich räusperte sich der Doktor und fragte mich: „Sie haben keine Ahnung, wie lange Sie hier unten gelegen haben? Fürst Josef, Herzog Ernst, Adam Weishaupt und der Mönch Anselm sind bereits gestern Morgen zur Jagd aufgebrochen.“

12. KAPITEL

Elisabeth

15. März 1780

Mich hatte eine große Unruhe erfasst. Seit ich wusste, dass meine Pistole verschwunden war, ahnte ich Schreckliches. Ich musste so schnell es ging die Nonne Elisabeth finden. Ich hoffte, dass sie noch im Schlosse weilte. Sie war die Einzigste, die über den Verbleib meiner Waffe Auskunft geben konnte.

Es war die Zeit vor dem Komplet, im Kloster die Zeit der aktiven Entspannung für die Schwestern, als wir den Gewölben des Schlosses Reinhardsbrunn entstiegen. Wenn Elisabeth das Schloss noch nicht verlassen hatte, müsste sie in ihrem Gemach zu finden sein. Gemeinsam mit dem Doktor stürmten wir in das zweite Geschoss. Dort hatte man Elisabeth untergebracht. Wir fanden die Nonne tief versunken auf ihrem Gebetsstuhl kniend, vor dem schmucklosen, aus Kirschholz geschnitzten Kruzifix. Sie hatte sich eine richtige kleine Altarecke geschaffen. Unter dem Kruzifix stand ein kleines rundes Tischchen, über das eine blütenweiße Decke ausgebreitet war. Ihr Gebetsstuhl stand im leichten Winkel zum gekreuzigten Jesus. Unser Eindringen hatte sie maßlos erschreckt. Elisabeth starrte mich entsetzt aus ihren dunklen Augen an und schlug ein Kreuz nach dem anderen.

„Mein Gott! Sie leben! Ich dachte sie sind tot, so wie sie in ihrer Blutlache lagen.“

„Sie geben also zu, den Leutnant niedergeschlagen zu haben?

Doktor Fritz nutzte die Unsicherheit der verschreckten Nonne gnadenlos aus.

„Wo ist die Pistole? Haben Sie die Waffe versteckt?“
Während der Doktor pausenlos die gleichen Fragen auf die Nonne niederprasseln ließ, sah ich mich in Elisabeths Gemach um. Es war schmucklos eingerichtet. Der schmale, weiß geputzte Raum bot gerade Platz für ein Bett, dass rechts hinter der Tür an der weiß gekalkten Wand aufgestellt war. Mittels eines Vorhanges, der vor dem Bett gespannt war, konnte sich die Schlafende von der Außenwelt
völlig zurückziehen. Hinter Elisabeths Schlafplatz schaute aus halber Höhe von der Wand ein handgeschnitztes Bildnis des gekreuzigten Jesus herunter. Unmittelbar darunter war ein kleines Weihrauchbecken an der Wand befestigt.

In der anderen Ecke lieferten ein grober Holztisch und zwei nebeneinander stehende Stühle Platz zum Lesen und Arbeiten.
In dem kleinen Holzregal über dem Tisch standen verschiedene Bücher. Ein Band fiel besonders auf. Er war ein Fuß hoch und hatte über zweitausend Seiten. Auf dem Einband prangte ein goldenes Kreuz, und auf dem Buchrücken stand das Wort Bibel. Zwischen den Seiten ragten unzählige Merkblätter hervor. Der Ledereinband war sowohl auf der Titelseite als auch an der Rückseite stark abgegriffen. Dieses Buch wurde oft benutzt. Was ich hier so sah, passte so gar nicht in das Bild, welches ich in den letzten Tagen von ihr gewonnen hatte. Die Frau hatte zwei Gesichter. Da war die skrupellose Frau, die bereit war einen Menschen zu töten, um ihre persönlichen Interessen verwirklichen zu können, die sich mit brutalen Mönchen einließ und hier in diesem Raum ein Mensch der bedingungslos die Nähe ihres Gottes suchte.

Zwischen Kruzifix und Arbeitstisch befand sich, genau gegenüber der Tür, das einzige Fenster im Raum. Die dichte Schneedecke dort draußen verhinderte, dass die Nacht absolut schwarz und konturlos war. Es war sogar recht hell. Vom sternenklaren Himmel strahlte das gelbe Licht des zunehmenden Mondes und wurde von den weißen Schneekristallen zurückgeworfen. Dort draußen war irgendwo in einer Berghütte Fürst Josef unterwegs.

Ich schüttelte meinen Kopf. Zum zweiten Mal würde ich ihn im Schnee und Eis suchen müssen. Nur diesmal kannten wir die Mörderin des Fürsten Heinrich. Vorher war es unbedingt wichtig zu erfahren, wo meine Pistole verblieben war. Ich wand mich dem Verhör des Doktors zu.

Merkwürdigerweise hatte sich die Situation geändert. Elisabeth stand vor dem Weihrauchbecken und träufelte aus einem kleinen Fläschchen Tropfen für Tropfen in das geweihte Wasser. Der Doktor stand erstarrt neben der Nonne, beide Hände abwehrend ausgestreckt und begann zu lachen, dass ihm die Tränen über das Gesicht liefen. Elisabeth ließ das Fläschchen fallen und begann langsam zu Boden zu sinken. In wahnsinnigen Zuckungen riss sie ihren Habit über ihrer Brust entzwei und schlug mit ihren Füßen unkontrolliert wild um sich. Auch der Doktor war zu Boden gesunken. Im Gegensatz zur Nonne versuchte er mit riesiger Anstrengung mich kriechend zu erreichen. Als ich ihm entgegenkommen wollte winkte er heftig ab und bedeutete mir sogar mich weiter zu entfernen. Im ersten Moment war mir sein Verhalten unerklärlich, doch dann ging mir ein Licht auf. Es musste etwas mit den Tropfen zu tun haben, die Elisabeth in das Weihwasser getröpfelt hatte. Ich sah mich nach der Flasche um. Sie musste doch irgendwo am Boden liegen. Richtig, da lag sie, unter dem weiß gedeckten Tischchen. Schon wollte ich mich in Bewegung setzen, um sie aufzuheben, da stockte mein Fuß. Vor meinen Augen entstand das Bild einer rothaarigen Frau, die mir ein Mundtuch vor das Gesicht presste. Ärgerlich wollte ich ihre Hand weg reißen. Doch ich hielt nur das Tuch in den Händen und meine Zita hatte sich wieder einmal in Nebel aufgelöst. Wahrscheinlich begann ich ebenfalls die Wirkung der geheimnisvollen Tropfen der Nonne zu spüren. Ich musste im Unterbewusstsein mein Mundtuch aus der Bux gezogen haben, um mich vor den Dämpfen der Tropfen zu schützen. Das man durch diese Dämpfe reale Illusionen bekam, das war für mich eine neue Erfahrung.

Ich hob die Flasche auf. Der Korken fehlte. Sorgfältig schlug ich das Keramikgefäß in meinem Mundtuch ein. Sollte sich doch der Doktor damit beschäftigen. Ach ja richtig der Doktor? Ich drehte mich zu ihm um. Er hatte sich noch weiter von der tobenden Nonne entfernt und lehnte nun schwer atmend an der entgegengesetzten Wand. Ich ging zu ihm und hörte ihn leise flüstern.

„Machen sie das Fenster auf. Dann ist der Spuk gleich vorbei. Die Wirkungen der Belladonnadämpfe lassen nach einiger Zeit nach. Nur wenn man dem Gift der Tollkirsche über einen längeren Zeitraum ausgesetzt wird wirkt es tödlich.“

Ich folgte seinem Rat und ließ die herrliche, aber sehr kalte Winterluft in den Raum. Meinem Doktor ging es schnell besser und auch die Zuckungen der Schwester ließen merklich nach.

„Was war das, Doktor?“

Er grinste über alle Backen: „Das Miststück hat den Extrakt der Tollkirsche unter den Weihrauch gemischt. Sie muss ihre Flaschen verwechselt haben.“ Nun verstand ich gar nichts mehr.

„Was soll das heißen, die Flaschen verwechselt?“

Doktor Fritz stemmte sich ächzend aus seiner unfreiwilligen Hocke hoch und begann mir zu erklären: „Die Zisterzienserinnen waren bekannt dafür, dass sie das Gespräch mit Gott im spiritistischen Gebet suchten. Um die erforderliche Trance zu beschleunigen verbrennen sie bestimmte Kräuter und setzen ein Opiat dem Weihwasser zu. Sie behaupten, im Duft des Weihrauchs liegt die Wahrheit der Erkenntnis zu Gott. Ich weiß aber, dass nicht der Weihrauch die Nonnen zu Gott führt, sondern Bilsenkraut, Stechapfel oder Alraune. Ich vermute, dass Elisabeth über unser Erscheinen so erschrocken war, dass sie die Flasche mit dem Extrakt der Tollkirsche, mit dem ihres Opiats verwechselt hat. Zum Glück lässt die Wirkung dieser Teufelsmischung sehr schnell nach.“

Ich hatte Zweifel an seiner Schlussfolgerung.
„Doktor, wir wissen, dass Fürst Heinrich mit Belladonna, also dem Extrakt der Tollkirsche systematisch vergiftet wurde. Wir haben vorgestern erfahren, dass die Nonne Elisabeth diejenige sein könnte, welche dem Fürsten das Gift verabreicht hat. Wenn unsere Vermutungen stimmen, dann bin ich überzeugt davon, dass die Nonne das Belladonna mit voller Absicht in das Weihwasser geschüttet hat."

Ich hatte den Doktor noch nicht überzeugt. Ihn bewegten noch erhebliche Zweifel.
„Warum sollte sie das tun? Sie ist doch selbst diejenige, die am meisten unter den Dämpfen zu leiden hat. Sehen sie sich die arme Frau an."
Ja, das war der Moment, wo wir uns eigentlich erst wieder an die Existenz der Elisabeth erinnerten und eine böse Überraschung erlebten. Die Nonne lag schon längst nicht mehr am Boden. Mit einer Hand stützte sie sich auf den Rand des Gebetsstuhles, mit der Anderen klammerte sie die Reste ihres Habits über ihrer mageren Brust zusammen. Aus giftig glitzernden Augen sah sie uns an und ihre krächzende Stimme jagte uns eine Gänsehaut über den Rücken.
„Niemand hat den Leutnant niedergeschlagen, der muss sich selbst an den Kopf gestoßen haben. Wir haben ihn nur wie einen Toten in seinem Blut liegen sehen und ich habe auch niemanden vergiftet. Aber Ich weiß wer es gewesen ist! Schaut doch in den Gemächern der Komtess Isabella nach. Dort werdet ihr finden, was ihr sucht. Sie hat ihren Vater umgebracht!"

* * *

Wir mochten nicht entscheiden, was mit der Nonne geschehen sollte. Bis Herzog Ernst von seinem Jagdausflug zurückkommen würde, haben wir Elisabeth in ihrem Gemach eingeschlossen. Als Wache postierten wir vor ihrer Tür und im Geheimgang, den wir nunmehr ebenfalls kannten, im zwei Stundenwechsel Braunschweiger Husaren.

Schwieriger war für uns zu entscheiden, wie wir mit Elisabeths Anschuldigung umgehen sollten. Ich glaubte nicht an Isabellas Schuld, aber der Vorwurf der Nonne konnte nicht so einfach vom Tisch gewischt werden. Sie hatte schließlich auch von Beweisen gesprochen, die in Isabellas Räumen zu finden seien. Doch als ich von Elisabeth wissen wollte, um welche Beweise es sich handele, da hatte das Knochengerüst beharrlich geschwiegen.

Nach langer Beratung entschlossen wir uns Isabella in ihrem Gemach aufzusuchen und sie mit den Vorwürfen ihrer ehemaligen Schwägerin zu konfrontieren. Ich entschloss mich, Luise um ihre Anwesenheit zu bitten. So stiegen kurz danach neben meiner Person, Doktor Fritz, Luise und einer der Braunschweiger Husaren zu Isabellas Gemächern hinauf. Die Komtess öffnete sofort, nachdem ich geklopft hatte. Sie musste wohl gerade dabei gewesen sein, Toilette zu machen. Isabella war atemberaubend schön.

Sie trug ihre langen schwarzen Haare offen. Gerade gebürstet, die Haarbürste hielt sie noch in der Hand, fielen sie weich und seidig glänzend ihr über die nackten Schultern. Isabella trug ein ärmelloses rotes Kleid, das ihre makellose weiße Haut vorteilhaft zur Geltung brachte. Bis zur Taille war das Kleid eng geschnürt. Mich wunderte, wie sie ohne fremde Hilfe in dieses Mieder hineingekommen ist. Ab der Taille bauschte sich ein weiter Rock bis hinunter zum Boden. Was aber meine Blicke sofort anzog, war der wunderschöne Halsschmuck den sie trug. Edelsteine, so groß, wie ihr kleiner Fingernagel umschlossen ihren schmalen langen Hals und trafen sich genau unter ihrem Kehlkopf zu einem glitzernden Dreieck.

Isabella war eine sehr schöne Frau. Einem Vergleich mit meiner Zita hielt sie nicht stand. Die Komtess wirkte wie eine Marmorfigur, glatt, glänzend aber kalt, eiskalt. Eine Statue, die man sich in den Salon stellt, damit jeder sie anschauen und berühren kann. Genau das Gegenteil zu meiner rothaarigen Hexe. Sie lebte mit jeder Faser ihres Körpers, spendete Wärme, Zärtlichkeit und Leidenschaft und verflüchtigte sich dann ins Reich der Illusionen und Träume. Isabella und ich haben uns wohl einige Zeit gegenseitig stumm angeschaut, wenn auch sicherlich aus unterschiedlichen Gründen heraus. Ihre Augen zu mindestens sprachen von Überraschung über den Aufmarsch, welchen wir veranstalteten.

Es war Doktor Fritz, der dieser Pattsituation ein Ende bereitete. Er schob mich einfach zur Seite und schritt dicht gefolgt von Luise in das Gemach der Komtess. Doch nun erwachte Isabella aus ihrer Starre.

„Wer hat ihnen erlaubt in meine Gemächer einzudringen? Ich hoffe, sie haben dafür gute Gründe."

Ich entschloss mich, das Heft wieder in die Hand zu nehmen.

„Wir haben gute Gründe, Komtess. Sie werden beschuldigt, ihren Vater Fürst Heinrich vergiftet zu haben."

Isabella wurde kreidebleich, dann brach es aus ihr hervor: „Das ist eine Unverschämtheit. Wer behauptet so etwas?"

„Das ist erst einmal unwichtig. Ich sehe mich erst einmal genötigt dieser Beschuldigung nachzugehen. Es wird die Angelegenheit Herzog Ernst´s sein über das weitere Vorgehen zu urteilen. Da er zurzeit nicht auf dem Schloss weilt, bin ich gezwungen eventuelle Beweismittel zu sichern. Da es eine Aussage gibt, dass in ihren Gemächern solche Beweismittel zu finden sind, werde ich ihre Räume durchsuchen lassen."

„Bitte, bitte, tun sie sich keinen Zwang an. Suchen sie, in meinen Räumen werden sie keinerlei Beweismittel, wie sie es ausdrücken, finden, weil ich meinen Vater nicht vergiftet habe."

Isabella hatte es gerade ausgesprochen, da lief es ihr siedend heiß über den Rücken. Die Beine wurden ihr schwach und sie sank mit einem Seufzer auf die Truhe, in der ihre Kleider verwahrt wurden. Der Komtess war genau in diesem Moment der Ring ihres Vaters eingefallen, denn sie an sich gebracht hatte und in einem ihrer Kleider verborgen hatte. Dass dieser Ring von mehreren Menschen gesucht wurde, wusste sie bereits. Würde man ihr glauben, dass sie ihn an sich genommen hatte, um ihn lediglich als Andenken an ihren Vater aufzubewahren? Isabella ahnte, dass ihr der Besitz dieses Ringes noch sehr schaden würde.

Luise war es, der Isabellas Veränderung sofort auffiel. Sie ahnte, dass es mit dem Inhalt der Truhe zusammenhängen könnte, auf die sich die Komtess niedergelassen hatte und flüsterte Doktor Fritz ihre Beobachtung ins Ohr.

Nach einem nachdenklichen Blick kam er auf mich zu und informierte über Luises Verdacht. Ich konnte mir keine Sentimentalitäten leisten und forderte Isabella auf, ihre Sitzgelegenheit zu räumen. Das war wohl der Augenblick, wo ihr klar wurde, dass man den Ring unausweichlich finden würde. Sie stand auf, klappte den Truhendeckel hoch und zog das Kleid heraus, welches sie damals getragen hatte, als sie vom Geheimgang aus von der Bedeutung des Totenkopfringes erfahren hatte.

„Sie finden Das, was sie suchen, in der eingenähten Innentasche des Kleides.“

Damit reichte sie mir das Kleidungsstück. Als ich es in die Hand nahm,- fiel ein kleiner silbrig glänzender Gegenstand mit einem hellen klirrenden Laut zu Boden und rollte direkt vor die Füße des Doktors. Er hob ihn auf. Es war ein recht protziger Ring mit dem Symbol des Totenkopfes auf gekreuzten Knochen. Den Doktor interessierte das Symbol überhaupt nicht. Er las laut, was in der Innenseite des Ringes eingraviert war.

„Vanitas vanitatum.“

Mir war sofort klar, dass es sich um den Ring handeln musste, auf den mich vor meiner Abreise aus Berlin Generalfeldstabsarzt Cothenius hingewiesen hatte. Demzufolge musste er Fürst Heinrich gehört haben. Wenn es sich um besagtes Schmuckstück handelte, hatte ich es mit nach

Berlin zu nehmen. Ich brauchte Gewissheit.

„Komtess, ich gehe davon aus, dass Doktor Fritz den Ring ihres Vaters in den Händen hält? Wie kommen sie zu diesem Ring?“

Isabella flüsterte fast, als sie antwortete.

„Ich habe erfahren, dass Herzog Ernst und dieser Professor hinter dem Ring her sind. Für mich ist er ein Andenken an meinen verstorbenen Vater. Ich wollte nicht, dass er in fremde Hände fällt. Deshalb habe ich meinem Vater den Ring von seinem Finger gezogen.“

Alles, was Isabella erzählte klang glaubhaft und es gab keinen einzigen Hinweis auf den Giftanschlag an dem Fürsten. Was hatte die Schlange Elisabeth bloß gemeint damit, als sie behauptete wir würden bei Isabella Beweise finden, dass sie ihren Vater getötet hätte.

Während wir uns mit dem Ring des Fürsten beschäftigten, hatte sich Luise mit dem Inhalt der Truhe befasst. Stück für Stück hatte sie aus der Truhe genommen, sich angehalten, um sich dann in dem Spiegel aus böhmischem Glas zu bewundern. Sieben Kleider lagen schon sorgfältig auf den umliegenden Stühlen drapiert. Wir wurden erst auf ihr eitles Tun aufmerksam, als sie einen spitzen Schrei ausstieß.

Luise hatte eine Spitzenkorsage entdeckt und poussierte damit vor dem Spiegel. Ich konnte den Doktor schon verstehen, wenn er dem Charme der Wirtschafterin des Fürsten verfallen war. Für mich aber kam Luise bei weitem nicht an meine Zita heran. Ihr würden auch die wunderschönen Höschen und Hemdchen passen, die da so aus der Truhe an Licht gebracht wurden. Inzwischen war auch Isabella fleißig damit beschäftigt, ihre zarten, luftigen Schätze aus der Truhe an der Wirtschafterin auszuprobieren. Die beiden Frauen hatten offensichtlich vergessen, dass noch Männer im Raum waren. Besonders mein Husar bekam einen stetig länger werdenden Hals. Für meinen Teil hätte die Kleiderschau ruhig noch eine Weile weiter gehen können.

Wieder einmal war Luise in die inzwischen schon weitestgehend geleerte Truhe abgetaucht, da kam ihr inzwischen heftig gerötetes Gesicht wieder zum Vorschein und unter heftigen prusten wuchtete sie einen Folianten nach oben. Er lag noch nicht richtig auf dem Tisch, da wusste ich bereits um was es sich handelte.

Mit zwei Schritten war ich bei dem Buch, stieß die laut protestierende Luise beiseite und griff gleichzeitig in die Innentasche meines Dolmans. Sofort fühlte ich den Papierfetzen in meinen Fingern, den ich seit unserem Laborbesuch auf Schloss Rammelburg immer bei mir trug. Hastig blätterte ich in dem Buch und bald hatte ich die Seite gefunden, zu der mein Papierfetzen mit der Rezeptur zur Herstellung des Saftextraktes aus der Tollkirsche passte. Die ganze Zeit stand Isabella neben der Truhe, ein Spitzenhemdchen in der Hand und beobachtete mit erstaunten Augen mein Tun. Als ich mich jetzt zu ihr wandte, schauten mich ihre großen Augen so fragend an, als müsste ich ihr eine Erklärung für das Vorhandensein dieses Buches geben.

Mir zuckte der Gedanke durch den Kopf, entweder ist die Komtess eine hervorragende Komödiantin oder sie hat keine Ahnung woher das Buch stammt. Darüber musste ich mir unbedingt Klarheit verschaffen.

„Komtess, warum verstecken sie den Folianten in Ihrer Wäschetruhe?"

Isabella schüttelte ihren Kopf: „Ich kenne das Buch nicht und weiß auch nicht, wie es in meine Truhe gekommen ist. Im Übrigen, was ist an diesem Kräuterbuch so wertvolles dran, dass sie so ein Theater um den alten Schinken machen?"

Ich hatte Isabella aufmerksam beobachtet. Nach dem Fund des Ringes und ihrer Erklärung, wie sie an ihn gekommen war, ist sie keinen Augenblick unruhig geworden. Ihre ganze Körperhaltung drückte mehr oder weniger steigende Verwunderung über unsere gesamte weitere Aktion in ihren Gemächern aus.

Ich entschloss mich, sie mit meinen bisherigen Rechercheergebnissen zu konfrontieren.

„Dieser Foliant wurde aus einem Labor in den Gewölben des Schlosses Rammelburg gestohlen. Diese Seite hat jemand aus diesem Buch herausgerissen und dort im Schloss verloren. Es ist ein Rezept, wie man ein langsam wirkendes Gift aus der Tollkirsche gewinnen kann und wie es angewendet werden muss. Dieses Buch haben wir nun in ihrer Truhe gefunden."
Isabella sah mich noch immer ahnungslos an. Sie hatte keine Vorstellung worauf ich hinaus wollte. Also begann ich den Hergang des Giftanschlags zu rekonstruieren.
„Auf Rammelburg hat der Mörder dieses Rezept aus dem Buch herausgerissen. Danach in dem Labor das Belladonna hergestellt und den Grafen Heinrich Tag für Tag das Gift tropfenweise in die Speisen oder Getränke gemischt. Der Fürst selbst hat irgendwann Verdacht geschöpft und seine Freunde Cothenius und Herzog Ernst um Hilfe gebeten. Der Herzog hat ihm Schloss Reinhardsbrunn als Asyl angeboten und ich wurde aus Berlin hier her geschickt. Wie alle Wissen, kam ich zu spät. Es gab nur eine Schlussfolgerung, der Mörder musste zum Gefolge des Fürsten gehören und hat seine Tat im Schloss Reinhardsbrunn vollendet. Nun finden wir hier in ihrer Truhe diesen Folianten. Ich frage Sie Komtess Isabella, haben Sie ihren Vater vergiftet?"
Die Komtess hatte meinen Worten mit steinernem Gesicht zugehört. Doch bei dem letzten Satz sprang sie mich empört an, schlug mit ihren kleinen Fäusten auf meine Brust und begann zu schreien: „Sind Sie wahnsinnig! Ich bring doch meinen Vater nicht um! Was denken Sie von mir! Sie sind ein Schwein, mich einer solchen Tat zu verdächtigen!"
Noch ehe meine Begleiter einschreiten konnten, ließ Isabella plötzlich ihre Fäuste sinken und sagte müde zu mir: „Wenn das, was sie da in den Händen halten das Rezept für die Giftmischung ist, warum sollte ich mir da die Mühe machen, diesen schweren Wälzer von Rammelburg mit nach Reinhardsbrunn zu schaffen, obwohl mir doch bekannt sein müsste, dass

das Rezept nicht mehr im Buch ist. Wer diesen Folianten bis hierher in den Thüringer Wald geschleppt hat, brauchte ihn um ihn irgendjemanden unter zu schieben."
Alle im Raum sahen sich betreten an, und in mir wuchs der Verdacht einer gezielten Beschuldigung aufgesessen zu sein.

* * *

Diesmal änderte ich meine Taktik. Innerhalb einer Stunde hatten wir den Gewölbekeller mit dem Sarg umgestaltet. Der leere Sarg stand schön aufgestellt an der Rückwand des Kellers. Unter dem Oberlicht hatten wir einen langen Tisch aufgestellt, der mit einem weißen, bis zum Boden reichenden Tuch abgedeckt wurde. Auf dem Tisch lag eine Bibel und Luise hatte, wer weiß woher, einen Totenschädel sowie ein Brandeisen aufgetrieben, die neben der Bibel drapiert wurde. Rechts und links auf dem Tisch brannten riesige Kerzen und spendeten dem Raum ein gespenstiges Licht.

Hinter diesem Tribunaltisch nahm ich Platz, zu meiner rechten Hand Doktor Fritz und links von mir Husarenfähnrich Morgenstern. Etwa drei Schritte vor dem Tisch wurde ein Lehnstuhl aufgestellt. An beiden Lehnen hing jeweils ein Lederriemen. Es dauerte auch nicht lange und die Braunschweiger-Husaren brachten die Nonne Elisabeth herein. Die Soldaten drückten die Nonne in den Stuhl und ehe sie sich versah waren ihre beiden Unterarme mit den Lederriemen an den Stuhllehnen gefesselt.

Elisabeth ließ alles willenlos mit sich geschehen. In den letzten Stunden hatte sie sich merkwürdig verändert. Ihr an sich schon hageres Gesicht hatte noch schärfere Wangenknochen bekommen. Das Kinn war spitz und ihre Nase hatte sich hackenförmig zu dem schmalen strichförmigen Mund herunter gebogen. Die Haube, welche normalerweise ihre Haare bedeckte, musste abhanden gekommen sein. Wirr und ungebürstet standen sie nach allen Seiten ab und ihre einst sorgfältig gepflegte graue Kutte war von oben bis unten mit allerlei Flecken beschmutzt.

Ich schaute die Nonne mit, wie ich glaubte, strengem Gesicht an und begann mit meinem Verhör.

„Schwester Elisabeth, sie werden beschuldigt den Fürsten Heinrich aus Habgier systematisch vergiftet zu haben. Bekennen sie sich schuldig?"

Eigentlich hatte ich gedacht, dass eine solche Anklage die Nonne schwer erschüttern müsste, aber was nun passierte überstieg doch mein Vorstellungsvermögen. Elisabeth begann zu lachen. Erst leise glucksend, dann laut schallend. Das Weib wollte sich gar nicht wieder beruhigen. Ratlos schauten wir uns gegenseitig an. Gerade wollte ich dem Gelächter mit scharfen Worten Einhalt bieten, da hörte die Nonne von ganz alleine auf und schrie mit krächzender Stimme in den Keller: „Wer seid ihr eigentlich, die hier über mich zu Gericht sitzen. Ihr könnt mich nicht verurteilen, das kann nur der Bischof. Er muss urteilen, ob meine Tat gottgefällig war oder nicht. Ich habe nur der Kirche gedient und das in zweifacher Hinsicht. Ich habe einen Feind der Kirche in die Hölle geschickt. Das ist mir gelungen. Ich wollte den Reichtum der Kirche mehren, das ist mir nicht gelungen. Dafür möge man mich bestrafen. Schade, dass es mir misslang, der Hure Isabella die Tat unterzuschieben, so bekommt nicht die Kirche das Erbe, sondern der weltliche Bruder. Ich hasse Euch alle."

Elisabeth begann wieder zu kichern. Das hallte schaurig von den Mauern des Gewölbes zurück. Eigentlich sollte ich stolz darauf sein, den mysteriösen Tod des Fürsten aufgeklärt zu haben, aber ich konnte mich des Gefühls nicht erwehren, eine Niederlage erlitten zu haben. Die nächsten Worte der Nonne sollten meinem Gefühl reichlich Nahrung geben.

„Hier auf Erden, wollte Gott nicht, dass meine Ehe bestand haben würde. Vielleicht klappt das ja im Himmel."

13. KAPITEL

Ein seltsames Wild

20. März 1780

Fürst Josef saß schon in den frühen Morgenstunden auf einem grob zur Bank behauenen Baumstamm vor der Heuberghütte am Rennsteig. Drei Tage war die Jagdgesellschaft des Herzog Ernst schon hier oben in den Bergen des Thüringer Waldes, und noch immer fielen die Schneeflocken unaufhörlich vom Himmel.

Der Zöllner Hermann Orphal, der ständig in der Hütte wohnte und vor allem die aus dem fränkischen kommenden Kaufleute abkassierte, gab sich zwar große Mühe seine hohen Gäste zu bewirten, aber man wollte endlich auf die Luchsjagd gehen. So war es nicht verwunderlich, dass die Stimmung unter den vier Männern sehr gereizt war.

Herzog Ernst, Fürst Josef von Fondi und Adam Weishaupt saßen die meiste Zeit zusammen im einzigen Raum der Hütte. Der Gesprächsstoff war längst erschöpft, die Jagdwaffen schon hundertmal zerlegt, geputzt und wieder zusammengesetzt. Es gab einfach nichts mehr zu tun. Hier draußen vor der Hütte saß Josef jeden Morgen, aber bis gestern konnte man den Waldrand nicht sehen, so dicht fiel die weiße Flockenpracht. Der Schnee lag so hoch, wie seit vielen Jahren nicht mehr. Das würde die Jäger nicht stören, nur der Schneefall müsste aufhören.

Fürst Josef schnüffelte in die Luft. Er meinte ein mildes Lüftchen zu spüren, das vom Süden aus dem Werratal herauf wehte. Hermann Orphal trat gerade mit Anselm aus der Hütte. Josef musste immer wieder mit dem Kopf schütteln, als er den vermeintlichen Mönch hier oben auf dem Rennsteig sah. Er war nicht wieder zu erkennen. Statt einer Kutte trug der

Mann eine schwere grüne Joppe, dazu Lederhosen mit kurzen Beinen. Josef bekam jedes Mal Schüttelfrost, wenn er die nackten Knie des Mannes sah. Dicke gestrickte Knieschützer verhinderten zwar die Verkühlung der Kniegelenke, aber trotzdem blitzte die nackte Haut immer wieder zwischen dem Strickzeug und dem Saum der Lederhose auf der einen Seite sowie auf der Anderen bis zu den langen Kniestrümpfen auf. Der Hut auf dem Kopf unterschied sich von unseren einheimischen Kopfbedeckungen eigentlich nur durch die Farbe. Seiner war grün und unsere sind grau. Auf jeden Fall war deutlich, dieser Mann war nie ein Mönch. Er beherrschte das Waidwerk wie kein anderer. Er hatte auch in den vergangenen Sautagen im Wald die Spuren des Luchses gefunden, bei einem Wetter, wo sich niemand gern in der freien Natur aufhielt.
„Es wird im Laufe des Vormittags aufklaren. Ich werde nachschauen, ob ich den Wechsel der Luchse finde. Wenn alles klappt, kommen die Herren morgen früh zu ihrem Schuss."
Josef sah Anselm zu, wie dieser die geflochtenen Schneetreter an seine genagelten Schuhe schnallte und gleich darauf unter den hohen dichten Tannen, deren Äste sich unter der Last des Schnees weit nach unten bogen, verschwand. In diesem Moment huschte Josef der Gedanke, warum bin ich nicht mit gegangen, durch den Kopf. Aber gleich darauf musste er sich gestehen, dass er bei Anselm immer das Gefühl hatte, nicht gern gesehen zu werden.
Hermann Orphal hatte den Fürsten die ganze Zeit schweigend beobachtet. Nun räusperte er sich und sagte: „Mir geht es genauso wie Ihnen. Mir kommt der Jäger auch nicht geheuer vor." „Jäger? Was meinen sie mit Jäger?" Orphal schien leicht erstaunt. „Na Anselm, der ist doch Jäger im Innsbruckschen." „Was ist Anselm? Jäger? Nein, nein, da irren sie sich lieber Orphal. Dieser Mann ist Mönch. Er begleitet uns nur zur Jagd."
„Wenn dieser Mann ein Mönch ist, dann fresse ich nicht nur einen Besen. Dieser Mann versteht von der Jagd, dem Wald und der Natur mehr als wir

alle zusammen. Aber mir kann es ja egal sein.“

* * *

Orphal hatte Josef wieder allein mit seinen Gedanken gelassen. Der Fürst saß bereits länger als die Hälfte einer Tagesstunde vor der Hütte und er fror nicht einmal. Es war wirklich so, die Luft wurde wärmer, der Schneefall hatte fast vollständig aufgehört und hier und da öffnete sich der wolkenverhangene Himmel und die Märzsonne schickte erste wärmende Strahlen durch die Wolkenlücken. Dieser Wetterumschwung sollte den Fürsten eigentlich froh stimmen, stattdessen ergriff ihn eine eigenartige melancholische Stimmung. Sobald er seine Augen schloss, sah er das Totenbett seines Vaters. Ihn fröstelte. Kalt ist es hier an deiner Bahre, aber so war es in der Nähe meines Vaters immer, dachte er, um sich gleich darauf zu revidieren. Falsch! So war es immer nur, wenn ich in seiner Nähe war. Wir haben uns nie gut verstanden.

Aber war das immer so? Es gab auch eine Ausnahme. Die Jahre, nachdem ich dich gebeten hatte, mir ein Offizierspatent bei den Kürassieren zu kaufen, war die harmonischste Zeit unseres Zusammenlebens. Da hatte alles gestimmt. Manchmal hatte ich geglaubt, dass du in der Zeit, als ich bei den preußischen Kürassieren in Aschersleben gedient habe, stolz auf mich warst. Als ich meinen Abschied vom Militär genommen hatte, hast du mich nach den Gründen gefragt. Auch heute muss ich dir sagen, ich hatte darauf selbst keine Antwort. Ich bin einfach ausgerissen, wie meistens in meinem Leben. Stimmt, ich bin nicht immer ausgerissen. Eigentlich zu ersten Mal nach meiner Hochzeitsnacht, als du mich gezwungen hast Elisabeth zu heiraten. Ich mochte sie nie. Dir zuliebe wollte ich diese Ehe mit der Tochter des Livländer Pfeffersacks erdulden. Dann aber kam diese unsägliche Hochzeitsnacht. Noch heute steht mir jede einzelne Minute vor Augen. Ich sehe, wie sich der weinselige Heereszug grölend gegen die Jungfernschaft in Bewegung setzte. Nicht jedem der betuchten

Herren gelang es auf Anhieb, die Treppe im ersten Anlauf zu nehmen. Zu häufig hatte man dem guten Weinen zugesprochen. Einige blieben einfach auf den untersten Stufen der Treppe sitzen. Zur Enttäuschung aller geboten ihnen aber die Damen an der Tür zum Schlafzimmer Halt. Diese wurde ihnen vor der Nase zugeschlagen, ohne dass sie einen Blick auf die, wie sie hofften, nackte Braut hatten werfen können. Ich lehnte mich an den Türrahmen.

So hatte ich dieses Zimmer noch nie gesehen. An der gesamten linken Seite des Raumes waren quadratische Spiegel von der Decke bis zum Boden befestigt. Vor dieser Spiegelwand stand eine zierlich gearbeitete Kommode mit vielen Schubfächern. Ich nahm an, dass die Utensilien, die auf der Kommode lagen, meiner Frau gehören mussten. Auf der rechten Seite, dort wo direkt die Tür zu meinem Gemach war, hatte man eine kuschelige Diwanecke eingerichtet. Viele bunte Kissen luden zum Verweilen ein. Mitten im Raum stand das große, aufpolierte Himmelbett der Fondis. Vier starke gedrechselte Bettpfosten trugen den mit der Krone gekrönten Baldachin. Seitliche Damastvorhänge hatten die Zofen zurückgezogen und mit Bändern an den hinteren Pfosten festgebunden. Vorn und hinten fielen die weinroten Stoffbahnen in lockeren Falten bis zum Boden. Zwei große brennende, am Kopfende aufgestellte Kerzen spendeten ausreichend Licht, sodass ich Elisabeth gut sehen konnte. Aufrecht, zwei Kissen in den Rücken gestopft, saß sie mit bis zum Kinn hochgezogener Daunendecke im Bett. Sie starrte mir entgegen. Ich gab mir einen Ruck und setzte mich in Richtung Himmelbett in Bewegung. Dann hörte ich ihre Stimme.

„Stopp! Bleib stehen!“

Kurz und knapp machte Elisabeth meiner Initiative ein Ende.

„Mein Herr Gemahl, bevor Sie einen Schritt weitergehen, muss ich Ihnen etwas mitteilen. Ich wollte Sie genauso wenig heiraten wie Sie mich. Ihr Vater brauchte Geld, um seine Verbindlichkeiten gegenüber Preußen und

Kursachsen zu erfüllen. Ihre Familie brauchte einen männlichen Erben, denn Sie sind im Moment der Letzte im Geschlecht der Fondis. Richtig?"
Ich konnte nur zustimmend nicken. Dumm war meine Frau nicht. Aber was wollte sie wirklich? Ich sollte meine Antwort bekommen.
„Das Geld hat mein Vater Ihrem Haus gegeben, damit Sie mich zur Ehefrau nehmen. Damit ist der erste Teil des Kontraktes zwischen Ihrem Vater und meinem Erzeuger erfüllt. Nun zum zweiten Teil. Wenn Sie keinen Erben zustande bringen, fallen alle Ländereien nach Ihrem Tod an Preußen und Sachsen, mit Ausnahme der böhmischen Besitzungen um Dobris. Die bekommt Ihre Halbschwester Isabella."
Vater, wenn du die eiskalte Stimme der Frau gehört hättest, wäre es dir eiskalt den Rücken runter gelaufen. Ich musste weiter zu hören.
„Mein Vater will in den Hochadel, und ich soll ihm bei diesem Vorhaben der Steigbügel sein, indem ich Ihnen meine Jungfernschaft opfere. Ich sage Ihnen eins, mein werter Herr Gemahl, wenn Sie einen Erben wollen, müssen Sie mich vergewaltigen. Sollten Sie sich für diesen Akt der Gewalt entscheiden, und ich werde schwanger, werde ich einen Weg finden, mich und das Kind zu töten."
Zuerst war ich wie erstarrt vor Entsetzen, dann stürmte ich aus dem Boudoir meiner Frau direkt in mein altes Zimmer, verfolgt vom gellenden, nicht enden wollenden Lachen dieser Hexe.
Lange Zeit habe ich tief in Gedanken versunken, vor dem flackernden Kaminfeuer gesessen. Dann hatte ich eine Entscheidung getroffen. Sollte doch mein Weib hier auf dem Schloss die Fürstin spielen, aber ohne mich. Ich würde gleich in den frühen Morgenstunden, wenn die herrschaftliche Familie noch in ihren dicken Federbetten lag, den Schlitten anspannen lassen und verschwinden. Das war der Anfang meiner Flucht, die bis zu deinem Tod angedauert hat. Ich werde nicht mehr fliehen. Wenn ich nach Reinhardsbrunn zurückkomme, werde ich endgültig einen Schlussstrich zwischen ihr und mir ziehen.

* * *

Es war noch stockdunkle Nacht, als ich in Begleitung des Fähnrichs Morgenstern und zwei seiner Husaren in Schloss Reinhardsbrunn via Rennsteig aufbrach, während etwa zur gleichen Zeit in der Heuberger Hütte Hermann Orphal im Kamin das Feuer anfachte. Mir machten die letzten Worte der Nonne Elisabeth schwer zu schaffen und als dann auch noch Doktor Fritz meine Bedenken zu teilen begann, stand mein Entschluss fest. Ich musste hinauf in die Berge zur Heuberghütte und den Fürsten warnen.

Hier unten im Tal war seit zwei Tagen der Frühling eingezogen. Von den Bergen herunter rauschten gewaltige Wassermassen und machten die sonst friedlichen Bäche zu wild gewordenen Wassern. Die Wege waren matschig und an vielen Stellen grundlos. Wir hatten uns entschlossen unsere Pferde zu satteln, denn vom Schloss Reinhardsbrunn bis zum Ort Friedrichroda konnte man keinen Schlitten mehr benutzen und wenn es die Berge hinauf ging, war die Fahrt mit der Kutsche ein untaugliches Unternehmen.

Der Matsch begleitete uns bis zur Schauenburgmühle im Grunde. Dann veränderte sich die Landschaft sehr schnell. Die Serpentinen der Straße nach Schmalkalden bewältigten die Pferde noch mühelos, aber spätesten an der Kreuzung, von der 3 weitere Wege abgingen, wurde der Aufstieg mühsam. Im Schloss hatte man uns bereits auf diese Kreuzung aufmerksam gemacht. Daher war uns bekannt, dass die Schmalkaldener Straße sich im weiten Bogen zum Heuberg hinauf schlängelte. Wesentlich kürzer sollte der erste Abzweig sein. Man hatte uns gesagt, er führe kerzengerade hoch bis zum Rennsteig und dort würden wir genau auf die Heuberghütte treffen. Also nahmen wir diesen Weg in Angriff. Eine halbe Stunde ging das gut, dann mussten wir vom Pferd steigen. Alle hundert Schritte haben wir uns abgewechselt, damit jeder einmal die Spur treten musste. Ich konnte nicht sagen, ob es an den wärmeren Temperaturen oder an der Anstrengung lag, dass uns das Wasser im Rücken herunter lief und unsere Pferde wie ein Waschtrog dampften. Nach einer Stunde begann ich mit mir zu hadern. Das war der Augenblick, wo ich felsenfest davon überzeugt war, auf der Schmalkaldener Straße besser vorangekommen zu sein.

Die Mittagszeit war schon längst überschritten, als wir die Heuberghütte vor uns liegen sahen. Viel konnte man nicht von ihr erkennen. Fast bis zum Dach türmten sich die Schneemassen. Aber das Tröstliche, aus der Esse ringelte sich kerzengerade weißer Rauch in den inzwischen wolkenlosen Himmel und der Geruch brennenden Holzes war Motivation genug, um noch einmal unsere Anstrengungen zu verdoppeln. Je näher wir kamen, das ging jetzt relativ schnell, umso besser war zu erkennen, dass fleißige Hände vor der Hütte den Schnee geräumt hatten. Holzbänke und Tische standen in der Sonne. War das eigentlich eine Wintersonne oder ist es schon die Frühlingssonne? Ausgerechnet jetzt kamen mir diese unwichtigen Gedanken in den Kopf. Dabei war für mich viel erschreckender, dass weit und breit kein Mensch zu sehen war. Dabei hatte ich so große Hoffnung geschöpft, als wir des aufsteigenden Rauches ansichtig wurden. Unsere Pferde hatten wir an einem Pfosten angepflockt und stampften die letzten Schneereste von unseren Hosen und Stiefeln, da schlug die Hüttentür knarrend auf und ein Mann mit einer Zwillingsbüchse im Anschlag rief zu uns herüber: „Bleibt, wo ihr seid! Nennt mir Eure Namen und Begehr!“
Sofort erkannte ich aufatmend, dieser Mann war nicht der falsche Mönch Anselm. Ich machte einen Schritt nach vorn, wurde aber sofort durch die auf mich schwenkende Mündung der Büchse am weiteren Vorgehen gehindert.
„Guter Mann, mein Name ist Tobias von Wenzel. Ich muss unbedingt mit dem Fürsten Josef reden.“

„Da kommt er zu spät. Die Herrschaften sind heute in den frühen Morgenstunden zur Jagd aufgebrochen.“

* * *

Seit drei Stunden irrten Herzog Ernst, Fürst Josef und Adam Weishaupt durch den Wald. Wie zum Hohn hatte die Sonne den ganzen Tag über die Erde fleißig erwärmt. Deshalb hatten die Jäger die Ärmel ihrer Joppen bis zu den Ellenbogen aufgerollt. Alle Knöpfe vom Hals bis zur Brust, sowohl an den grünen Jacken, als auch die an den dicken Wollhemden waren geöffnet. Trotzdem war es ihnen heiß. Ob das nun von der Sonne kam oder von dem Ärger über den Jäger Anselm war nicht zu klären. Auf jeden Fall waren alle drei nicht gut auf ihren Jagdpartner zu sprechen.

Zu viert waren sie noch zur letzten Nachtstunde von der Heuberghütte aufgebrochen. Zielstrebig führte Anselm die kleine Gruppe hinüber zum Rennsteig. Sie kamen schnell voran. Auch Dank der Bretter, die Anselm gestern gebastelt hatte. Die Dinger waren nicht lang aber schwer wie Blei an den Füssen. Er sagte, er habe diese Bretter bei einem Besuch im Krain kennen gelernt. Die ersten Schritte mit den Dingern waren mit manchem Sturz im Schnee verbunden. Aber die Jäger gewöhnten sich sehr schnell an den ungewohnten Bewegungsablauf. Man sank nicht ein und das Anheben des Fußes mit dem Brett darunter kostete weniger Kraft, als wenn man nur mit Bergschuhen durch den tiefen Schnee stapfen musste. Nachteilig waren diese Dinger nur, wenn es bergab ging. Man wusste nie, wann sie ins Rutschen gerieten oder im Schnee kleben blieben. Diese Dinger konnten sehr schnell kleben bleiben, wenn sich Eis unter den Brettern bildete. Aber jeder trug einen langen Stock, damit konnte man das Gleichgewicht gut halten. Nicht lange und die aufgehende Sonne warf ihr erstes Licht auf den höchsten Berg in dieser Region. In diese westliche Richtung führte Anselm die Jäger. Bald ging es leidlich bergab. Anselm erklärte, man käme in das Quellgebiet der Laucha. Insgesamt würde der Fluss von sieben einzelnen kleinen Quellen auf den Weg gebracht. Dort habe er die Spuren der Luchse entdeckt. Er meinte, es müssen mindestens Zwei sein. Fürst Josef kannte die Luchsjagd. Im Harz gehörte eine Luchsjagd im Winter zu den festen jährlichen Vergnügen. Später im Frühsommer werden sie nicht mehr gejagt, dann wird ihnen aller Freiraum eingeräumt, der erforderlich ist, um ihren Nachwuchs aufziehen zu können. Weil Fürst Josef die Luchsjagd kannte, begann er sich mehr und mehr über den Jäger Anselm zu wundern. Josef bezweifelte, dass er Spuren von mehreren Luchsen entdeckt haben wollte. Seine Erfahrungen besagten, dass Luchse dämmerungsaktive Einzelgänger sind. Deswegen wuchs in ihm mit steigender Sonne das Gefühl, dass ein anderes Wild das Jagdziel des Jägers Anselm sei.

Herzog Ernst war auch ein guter Jäger, aber einen Luchs hatte er auch noch nicht erlegt. Für Weißhaupt war die Jagd etwas völlig Neues. Dementsprechend aufgeregt gebärdete er sich, sehr zum Unwillen von Fürst Josef.

Bald kündigte heftiges Wasserrauschen die erste Quelle an. Als die Jäger die Quelle erreichten sahen sie sich erstaunt an und Adam Weishaupt sagte, was alle anderen dachten.

„Wenn das eine kleine Quelle sein soll, was versteht man dann unter einer großen Quelle?“

In der Tat strömten tosende Wassermassen aus der Erde, stürzten über den kleinen Felsen hinunter ins Tal, eine breite gezackte dunkle Spur durch den blendend weißen Schnee ziehend. Die Jäger konnten das wilde Wasser nur kurz verfolgen, dann verschwand der breite Bergbach unter den hohen Bäumen des Waldes.

Inzwischen war die in den letzten Tagen so sehr vermisste Sonne höher gestiegen und es wurde zunehmend wärmer und wärmer. So war es auch kein Wunder, dass die Jagdgruppe auch bei der zweiten und dritten Quelle feststellen musste, aus erwarteten kleinen Wasserspendern sind kräftige Wasserläufe entstanden. Im Bergland setzte das Tauwetter ein. Anselm erklärte seinen Jagdgenossen, dass sie sich an der nächsten Quelle trennen müssten. Er habe dort die Spuren der Luchse aufnehmen können. Dann sollten der Herzog, sein Gast, der Fürst, und Weishaupt der Luchsfährte folgen, während er weiter nördlich das Revier umgehen wolle, um ihnen im Lauchagrund entgegen zu kommen.

Die Gruppe erreichte die vierte Quelle. Auch hier das gleiche Bild. Tosende Wassermassen strömten zwischen den Felsspalten hervor und stürzten sich zu Tale. Eins wurde allerdings sofort klar. Anselm hatte Recht, an dieser Quelle fanden sich deutliche Spuren einer Luchsfährte. Josef tippte sofort auf ein sehr großes Tier. Er vermutete eine Katze die trächtig war und wollte deshalb die Jagd einstellen. Aber Anselm widersprach vehement und versuchte erneut die Fährte von zwei Tieren nachzuweisen. Den Ausschlag zur Fortsetzung des Pirschganges gab schließlich Adam Weishaupt.

„Lasst uns weiter gehen. Wir müssen die Tiere ja nicht unbedingt töten. Ich mag es sowieso nicht, wenn Kreaturen Gottes so einfach abgeschossen werden. Einen Luchs in freier Natur habe ich noch nie gesehen. Sie würden mir damit ein schönes Geschenk machen."

Fürst Josef lachte.

„Mein lieber Weishaupt, ich glaube kaum, dass sie ein solches Tier am helllichten Tag zu Gesicht bekommen. Diese Tiere sind dermaßen scheu, dass sie lange bevor sie ihren Weg kreuzen könnten, im Dickicht des Waldes verschwinden."

Entweder war Anselm ein Menschenfreund oder ein großer Dummkopf. Er setzte sich für Weishaupt ein und behauptete, er könne uns den Luchs auch am Tage vor die Büchsen treiben. Josef und der Herzog sahen sich belustigt an und Anbetracht des herrlichen Wetters stimmten sie der Fortsetzung des Pirschganges, der eigentlich keiner mehr war, zu. Anselm hatte seinen Willen. Weishaupt freute sich wie ein Kind, dem man ein neues Spielzeug versprochen hatte und die beiden Edelmänner zeigten sich gönnerhaft.

So trennten sich hier an der vierten Quelle die Wege der Jagdkameraden. Drei folgten dem reißenden Bach und stiegen bergab, während Anselm weiter in nördliche Richtung marschierte. Sie sollten sich nie wieder begegnen.

Je tiefer Herzog Ernst, Fürst Josef und Adam Weishaupt stiegen, umso niedriger wurde die Schneedecke. Gleichzeitig wuchs der Geräuschpegel des unterhalb ihres Weges tosenden Gewässers. Den Grund sollten die Drei bald erfahren. Zuerst waren sie gezwungen ihre Bretter von den Füßen abzuschnallen, weil auf dem schmalen Pfad kaum noch Schnee lag. Noch war die Fährte des Luchses auszumachen. Hier und da, wo noch etwas von der weißen Pracht übrig geblieben war, drückten sich die Pfoten des Tieres ab. Mit jedem Meter abwärts, wurden sie deutlich geringer. Adam Weishaupt begann bereits zu ahnen, dass sein geheimer Wunsch keine Erfüllung finden würde.

Ihr Weg näherte sich immer mehr dem Bach. Zwischen den Bäumen stieg feiner Nebel in die Höhe und unter das Tosen des Gewässers mischte sich heftiges Donnern. Nach wenigen Schritten öffnete sich vor den drei Männern ein Panorama berauschender Schönheit. Der wilde Bach schoss aus einer Höhe von drei Metern in einen runden Kessel, gleichzeitig kamen aus einem anderen Bach gegenüber noch mal die gleichen Wassermassen dazu. In dem Kessel brodelte und kochte das Wasser mit uriger Gewalt. Seine Kraft konnte man ahnen, wenn man beobachtete mit welcher Leichtigkeit dicke Baumstämme, an denen noch Reste einstiger Kronen und Wurzeln hingen, talwärts befördert wurden. Manchmal gelang es so einem Stamm sich am Ufer oder an einen Stein festzukrallen, aber nach wenigen Minuten riss der wilde Bach den Stamm und alles was sich daran geklammert hatte weiter ins Tal hinab.

Der Weg der drei Männer führte sie schon eine Weile am Ufer abwärts, seit einiger Zeit war vom Schnee keine Spur mehr zu sehen, da rauschte es nicht nur rechts ihres Weges, sondern linker Hand verstärkten sich die bekannten Geräusche um ein vielfaches. Fürst Josef, der der kleinen Gruppe etwa drei Schritte voraus ging, blieb plötzlich stehen und rief seinen beiden Weggefährten etwas zu. Aber die Wassermassen übertönten alles. Es war aber auch gar nicht nötig den beiden Anderen ihr Dilemma zu erklären.

Die Jäger standen auf einer Felsenspitze unter der sich die Wassermassen des Baches, dem sie bereits länger folgten, mit einem weiteren Wildwasser von der anderen Seite vereinten.

Wollten sich die Männer verständigen, musste man sich gegenseitig ins Ohr schreien. Herzog Ernst hatte sich etwas nach vorn gebeugt und wies auf in den Berg gehauene Treppenstufen. Sie führten hinunter zum Zusammenlauf der Bäche. Fürst Josef hatte diese Stufen ebenfalls schon bemerkt und beugte sich zum Ohr des Herzogs hinüber. „Ich habe die Stufen auch schon bemerkt. Wenn sie hinunter schauen, sehen sie noch im Wasser die Reste eines Steges. Das Tauwasser wird ihn weggerissen haben. Ich denke wir drehen um. Hier kommen wir nicht weiter.“ Plötzlich zerrte Adam Weishaupt den Herzog heftig am Joppenärmel und deutete wild gestikulierend auf die andere Bachseite. Dort stand ein Mann in kurzen Hosen und zielte mit einer Büchse herüber. Ehe jemand reagieren konnte, knallte ein Schuss. Herzog Ernst und Weishaupt duckten sich erschrocken und sahen, wie Josef sich an die Brust faste, um die eigene Achse drehte, über die Wegkante stürzte und lautlos in das brodelnde Wasser fiel. Den Schützen auf der anderen Seite hatte der Wald verschluckt. Die Leiche des Fürsten Josef von Fondi wurde erst am nächsten Tag am Stau der Massemühle gefunden. Tobias war es vorbehalten, den toten Fürsten zu bergen.

14. KAPITEL

Anselms Flucht

Frühjahr 1780

Der Jäger Anselm erreichte Schloss Reinhardsbrunn in den späten Abendstunden. Vorsichtig näherte er sich dem Gebäude. Er wollte auf keinen Fall gesehen werden. Der Gewölbekeller war sein Ziel, obwohl er wusste, dass man dort Elisabeth fest hielt und er auf Husaren treffen könnte. Aber das schien ihm sicherer, als wenn ihn andere Bewohner des Schlosses in diesen Jägerklamotten sahen. Anselm grinste vor sich hin, er hatte schon gewusst, warum er mit dem Herzog und seinen Gästen noch mitten in der Nacht zur Jagd aufgebrochen war. Er war sich sicher, außer diesen drei Männern kannte niemand sein Doppelleben. Diesen Teil seines Ichs wollte er solange es ging auch geheim halten.

Dass er eine Mitwisserin hatte, konnte Anselm nicht wissen. Dem Jäger gelang es unentdeckt seine Kammer in der dritten Etage des Schlosses zu erreichen. Hier wurde in Windeseile aus dem Jäger wieder ein Mönch. Nun musste noch die Büchse verschwinden, aus der in der letzten Zeit ein einziger Schuss abgefeuert wurde. Die Büchse verschwand in den Falten seiner grauen Kutte. Dann öffnete er die Tür zum Flur einen schmalen Spalt. Kein Mensch war zu sehen. Vorsichtig zwängte er sich durch den Spalt, zog die Tür leise hinter sich zu und lief auf Zehenspitzen zur Stiege, welche zum Dachboden führte. Anselm kannte hier jeden Schritt und Tritt. Er wusste welche Stufe knarrte und welche er ohne Bedenken betreten konnte. In manchen Nächten der vergangenen Tage hatte er das Schloss vom Dachboden bis zum Gewölbekeller erkundet. Dabei entdeckte er auch den schmalen Spalt neben der Esse, der durch einen

Riss im Mauerwerk entstanden sein musste. Diesen Spalt suchte er. Darin wollte er seine Büchse vor den Augen aller anderen Schlossbewohner verbergen. Der Tiroler Jäger konnte nicht ahnen, dass 233 Jahre später Dachdecker bei Sanierungsarbeiten diese Büchse finden sollten und damit den Thüringer Historikern Kopfzerbrechen bereiteten, wie eine Salzburger Gamsbüchse nach Schloss Reinhardsbrunn kommen konnte.

Kurze Zeit danach, als der Mönch Anselm den Spalt sorgfältig mit Lehm verstopft hatte, war er dabei seinen Rucksack zu packen. Ganz unten fand seine Bibel ihren Platz, die brauchte er nun nicht mehr. Sorgfältig zusammengelegt kam die Lederhose darüber. In seine grüne Joppe wickelte er ein etwa einen Fuß langes, in Leinentuch gewickeltes Päckchen. Bei näherem Hinsehen zeichnete sich unter dem Tuch die Form einer langläufigen Pistole ab.

Er schulterte den fertig gepackten Rucksack und lief nun lautlos zum Pferdestall. Gegenwärtig standen zwei Stuten der Husaren und zwei Kutschpferde in den Boxen. Alle anderen Tiere befanden sich bekanntlich auf der Heuberghütte. Anselm schirrte die beiden Kutschpferde an einen leichten Landauer, dessen Verdeck er vorher geschlossen hatte. Dann hing er beiden Pferden einen Hafersack um, damit sie schön ruhig stehen blieben. Den Rucksack verstaute er im Heck des Landauers.

Nun begann für den falschen Mönch der schwierigste Teil seines Vorhabens. Leise schlich er sich wieder zurück ins Schloss, die Treppe hinauf, bis vor die Tür der Komtess Isabella. Ihm war klar, dass sie schlafen würde, aber er musste sie um jeden Preis wecken. Im Schloss durfte aber niemand davon Wind bekommen. Den Geheimgang wollte er aber auch nicht benutzen, denn die Komtess durfte nicht erschreckt werden. Sie sollte ihn für den Boten des Hofrates halten. Vorsichtig klopfte Anselm an Isabellas Tür, dann hielt er sein Ohr direkt an das Holz. Nichts regte sich in dem Gemach dahinter. Der gleiche Versuch noch einmal, etwas lauter. Anselm dachte, sein Klopfen müsste im ganzen Schloss zu hören sein.

Aber es blieb ruhig. Auch hinter der Tür? Anselm war sich nicht sicher. Langsam beugte er sich zum Schlüsselloch hinunter. Vielleicht kann er ja etwas erkennen.

Da senkte sich die Klinke, die Tür sprang auf und rumste ihm mit voller Kraft vor die Stirn. Anselm sah Sterne und eine zauberhafte, schwarzhaarige Fee, in der Hand einen eisernen Feuerhacken.

„Was suchen sie in dieser nachtschlafenden Zeit vor meiner Tür?"

Geistesgegenwärtig legte der falsche Mönch seinen Finger an die Lippen und flüsterte: „Bitte seien sie leise Komtess. Ich habe eine Nachricht des Herrn Hofrat für sie."

„Ihre Botschaft war für meinen verstorbenen Vater bestimmt. Was wollen sie also von mir?"

Noch immer hatte Isabella ihre Stimme nicht gesenkt. Die Gefahr, dass andere Schlossbewohner aus ihrem Schlaf gerissen werden könnten, wuchs von Minute zu Minute. Anselm wurde nervös. Wurde sein Plan in letzter Minute noch verhindert. Verschwörerisch sah er die Komtess an.

„Bitte seien sie leise. Es darf niemand erfahren, dass ich mit ihnen rede. Neben dem Schreiben des Bischofs habe ich bei meiner Abreise in Salzburg noch eine mündliche Nachricht für sie persönlich vom Hofrat bekommen. Ich sollte sie ihnen nur übermitteln, wenn es zu irgendwelchen Komplikationen mit seiner Werbung käme. Ich denke, diese Komplikationen sind nunmehr aufgetreten."

Isabella schaute den Mönch einen Augenblick an, dann sah sie den Flur hinunter und hinauf, schnappte den Mönch an der Kutte und zog ihn in ihr Gemach.

„So, jetzt sind wir allein. Hier kann sie keiner hören. Also, was haben sie mir zu sagen?"

Darauf hatte der falsche Mönch nur gewartet. Schon längst hatte er sich die Worte zu Recht gelegt, mit denen er die Komtess überzeugen wollte. Listig sah er die junge Frau an.

„Komtess, der Hofrat bittet sie, egal was passiert, seine Gemahlin zu werden. Sollte aus irgendeinem Grund ihr Vater gehindert sein, dem Antrag seine Zustimmung zu erteilen, soll ich sie nach Berlin bringen. Dort wird der Hofrat persönlich beim König um ihre Hand anhalten. Er bittet sie lediglich um zwei Dinge, die sie ihm mit nach Berlin bringen sollen."
Da der Mönch sich nun in Schweigen hüllte, fragte Isabella nach.
„Was sollen das für zwei Dinge sein?"
„Ich habe es ihnen aufgeschrieben. Hier auf diesem Blatt. Packen sie nur das Notwendigste ein und kommen sie in den Pferdestall. Unsere Kutsche ist abfahrbereit."
Kaum hatte der Mönch Isabellas Gemach verlassen, wurde die Komtess lebendig. Eine unbeschreibliche Freude erfasste sie. Sie würde den Mann bekommen, den sie sich über alles wünschte. Da war es eine Kleinigkeit die geforderten Dinge zu besorgen.

Schnell waren einige Kleider, Unterwäsche und Toilettenartikel in einen Reisekorb geworfen. Dann öffnete sie die Tür zu den Geheimgängen des Schlosses. Zwei Besuche waren zu erledigen. Beide Besuche waren ungefährlich, weil die Bewohner auf der Jagd weilten. Allerdings nahm in einem der Räume die Suche chaotische Zustände an, denn es dauerte ewig ehe Isabella mit ihrer Beute das Schlachtfeld verlassen konnte. Im anderen Gemach ging es sehr zügig.

Mit dem Reisekoffer bewaffnet lief sie danach zum Pferdestall. Anselm hatte nur noch auf sie gewartet. Weit schlug er das zweiflügelige Tor zum Stall auf und dann donnerten die vier Räder der Kutsche vom Hof des Schlosses Reinhardsbrunn.

* * *

Im Schloss war man durch das Donnern der Kutschenräder wach geworden. Luise geisterte mit einem Kerzenhalter durch die Flure des Gebäudes. Es war alles in Ordnung. Auf dem Weg hinunter in das Gewölbe gesellte sich Doktor Fritz zu ihr. Sie fanden beide Wachposten vor Elisabeths Kerker eingeschlafen vor. Aber als sie die Kellertür öffneten, schaute die Nonne ihnen aus verquollenen Augen entgegen. Erst, als die Knechte auf dem Hof nachsahen, vermisste man die Kutsche und zwei Pferde. Trotzdem verging noch geraume Zeit, bis feststand, die Komtess hatte das Weite gesucht. Nun begann allgemeines Rätselraten, was sie wohl bewogen haben könnte, Schloss Reinhardsbrunn zu verlassen.

Man wartete nun sehnsüchtig auf die Rückkehr des Leutnants und der Jäger. In dieser Nacht schliefen wohl die wenigsten Bewohner des Schlosses. Vielleicht nickte der eine oder andere einmal kurz ein. Aber bald darauf weckte die Unruhe des anderen ihn wieder auf. Der Morgen kam. Grau und tief hingen die Wolken über den hohen Bäumen des Schlossparkes und es lag eine gespenstige Ruhe über dem gesamten Areal. Von Tobias von Wenzel und seinen Husaren war genauso wenig zu sehen, wie vom Herzog und seinen Gästen.

Man bereitete sich im Schloss bereits wieder auf eine Nacht der Ungewissheit vor, als sich von Friedrichroda her ein Fuhrwerk näherte. Ein schwerer dunkelbrauner Ackergaul zog einen kleinen Planwagen auf dem ein in Decken eingewickelter länglicher Gegenstand lag. Neben dem Fuhrwerk schritt Tobias von Wenzel, sein Pferd am Zügel hinter sich her führend.

Doktor Fritz ahnte da bereits, dass etwas Schlimmes geschehen sein musste. Als hätte man sich verabredet, trafen fast zur gleichen Zeit, in welcher der Bauer sein Fuhrwerk in den Hof einlenkte, die übrigen dringend erwarteten Jäger ein. Wortlos sprangen die Husaren von ihren Pferden und verschwanden im Schlossportal um gleich darauf mit dem leeren zweiten Sarg zurückzukommen. Luise hatte zuerst gemerkt, wer da fehlte. Kreidebleich klammerte sie sich an Doktor Fritz. In diesem Augenblick wurde ihr bewusst, da Isabella verschwunden war, würde es an ihr liegen das schwere Amt der Einsalbung zu übernehmen.

Die Husaren trugen den Sarg in die kleine Schlosskapelle. Nun lag er im offenen Eichensarg, zugedeckt mit dem schweren, handgestickten Banner, auf dem stolz das Familienwappen prangte. Seine auf der Brust gefalteten Hände hielten den Degen der Fürsten von Fondi, auf dessen Glocke der Fürstenhut kunstvoll eingraviert war. Mit Fürst Josef erlosch der letzte Namensträger des längst an das Königreich Neapel zurück gegebenen Herzogtums.

Das war die Stunde, in der Tobias von Wenzel aufbrach, um im Eiltempo Berlin zu erreichen. Zur gleichen Zeit trafen jeden Tag Gäste ein, die anlässlich des Todes des Fürsten kondolieren wollten. Das Schloss Reinhardsbrunn erwachte aus seinem Dornröschenschlaf und füllte sich mit lange nicht mehr erlebter Geschäftigkeit. Herzog Ernst persönlich hatte die erste Totenwache übernommen. Etwa zur gleichen Zeit, als man Fürst Josef neben seinem Vater zur letzten Ruhe bettete, schälte sich ein Mönch in einer kleinen Kammer des Kollegialstiftes St. Marien in der Domstadt Erfurt aus seiner Kutte.

* * *

Für Anselm schloss sich hier in Erfurt der Kreis. Hier hatte er seinen letzten Auftrag bekommen und hier in Erfurt sollte er entlohnt werden. Allerdings gestaltete sich seine Entlohnung äußerst fraglich. Denn die Frau, die ihm vor wenigen Wochen den Auftrag erteilte und ihm die versprochenen 2000 Taler übergeben sollte, saß im Kerker wegen Mordes. Auf diese Dame konnte er nicht mehr rechnen. Anselm war nicht dumm. Als er Anfang Januar auf Schloss Reinhardsbrunn eintraf, und dieser Dame gegenüberstand, hatte er es sich nicht anmerken lassen, dass er sie erkannt hatte. Schon damals dachte er, wer weiß wozu es gut ist, dieses Geheimnis mit niemanden zu teilen. Augen und Ohren hielt er auf Schloss Reinhardsbrunn auf, dadurch stieß er auf die Geheimgänge. Sagenhaft, was so alles erfahren konnte.

Jetzt war Anselm sich sicher, dass diese Frau nicht der eigentliche Auftraggeber für das Attentat auf Fürst Josef war. Noch hatte er keine Beweise, nur Vermutungen über die Drahtzieher dieser Intrige. Diese Vermutungen, so glaubte er, würden reichen, ihm seine Belohnung zu sichern. Natürlich bedurfte es eines weiteren Druckmittels. Deshalb hatte er sich die Komtess als Pfand gesichert und Berlin als Ziel gewählt.

Nach Hause ins Tiroler Land zu reisen wäre vielleicht der direktere Weg gewesen, aber auch der Gefährlichere. Herzog Ernst und Adam Weishaupt wussten, dass hinter dem Mönch der Tiroler Jäger Anselm steckte. Also würde man zuerst in dieser Richtung suchen. Fiel er den Häschern in die Hände, war es sicher nur eine Frage der Zeit, bis er bei peinlicher Befragung den Namen seiner Auftraggeberin angegeben hätte. Nicht, dass er damit Skrupel hätte. Es wäre nicht einmal verkehrt ihren Namen zu verraten, weil man sie sowieso schon als Mörderin entlarvt hatte.

Wenn seine Vermutung über den wahren Hintermann aber stimmte, dann kannte auch die Nonne seinen Namen. Anselms große Befürchtung war, dass Elisabeth den Namen dieses Mannes preisgeben würde. Wenn das geschehe, dann würde er seine Belohnung ein für allemal in den Wind schreiben können. Anselm packte seine Sachen zusammen. Die Kutte, nebst Sandalen ließ er achtlos in der Kammer zurück. Jetzt nur noch am lesenden Pförtner vorbei, aber der achtete gar nicht auf den Mann in der Tiroler Tracht, weil die Stelle in der Bibel, in der der Brudermord geschildert wurde außerordentlich spannend war. In der Kutsche wartete die Komtess Isabella und wunderte sich nicht einmal über seine Wandlung vom Mönch zum Jäger.

Gemächlich setzte sich die Kutsche in Bewegung. Anselm glaubte alle Zeit der Welt zu haben. Sein Postreiter, den er noch als Mönch auf den Weg nach Salzburg geschickt hatte, würde fliegen müssen und wenn der Adressat seines Briefes auch sofort nach Berlin aufbrach würde mehr als eine Woche vergehen ehe man sich treffen könnte. Anselm beschloss die Fahrt mit Isabella zu genießen. Kleine Etappen wurden zurückgelegt, warme freundliche Zimmer unterwegs und gutes Essen, die Reise begann Spaß zu machen.

Es war kurz hinter Leipzig, als sich Isabella entschloss, ihrem Reisegefährten, der sie so amüsant mit Jagdgeschichten unterhalten konnte, das Vertrauen zu schenken. Wahrscheinlich lag es an der tristen, schmutzig grauen Landschaft, den niedrig von Süd nach Nord eilenden dicken Regenwolken, oder an der aufkommenden Langeweile die Isabella leichtsinnig werden ließ.

„Haben sie sich nicht über mich gewundert, als sie in Erfurt in unsere Kutsche gestiegen sind und ich kein Wort darüber gesagt habe, dass statt eines Mönches ein Tiroler Jäger einstieg? Zu diesem Zeitpunkt kannte ich sie bereits in kurzen Lederhosen. Ich habe sie nachts in den Geheimgängen des Schlosses wandeln gesehen. Es war sehr aufschlussreich."

Nur kurz fiel Anselm der Schreck in die Glieder, dann hatte er sich wieder in der Gewalt. Nun wollte er wissen, wie viel die Komtess von ihm und seinem Auftrag wusste.

„Dann dürfte ihnen ja auch bekannt sein, in wessen Auftrag ich in Thüringen war?"

„Ich denke schon. Sie sollen dem Bruder des Mannes, den ich liebe, unter dem Vorwand um meine Hand anhalten zu wollen, Gegenstände beschaffen, welche für einen Geheimbund von großer Bedeutung sind."

Anselm atmete auf. Es bestand keine Gefahr. Die Komtess hatte keine Ahnung von dem, was er wirklich getan hatte. Er schloss seine Augen und beglückwünschte sich im Stillen über seinen schnellen Entschluss, sofort nach Reinhardsbrunn zu eilen, nachdem er den Fürsten im Wasser versinken sah. So war er lange vor allen anderen Unglücksboten im Schloss und konnte die Komtess davon überzeugen, mit ihm nach Berlin zu reisen. Sie war sein Faustpfand, um doch noch die Belohnung für seinen Fangschuss zu erhalten.

Anselm lehnte sich zufrieden in die Polster der Kutsche zurück und begann zu träumen. Von einem Berghof hoch oben in den Tauern, dem Himmel näher als jeder andere Mensch. Er war sich sicher, irgendwann wird ihm auch Gott seine Tat verzeihen, spätestens dann, wenn er mit seiner Frau und einem Sohn am Taufbecken der kleinen Kirche in Untertauern stehen würde. Vielleicht würde er ja Mönch, so wie er vorgegeben hatte einer zu sein. Aber das käme nur in Frage, wenn er mehrere Söhne hätte. Mindestens einer müsste den Hof weiter bewirtschaften.

Isabella bemerkte von den Träumereien ihres Reisegefährten nichts, weil sie selbst viel zu sehr mit eigenen Problemen beschäftigt war. Sie bemerkte auch nicht, dass sie, wie unter einem unerklärlichen Zwang über diese Probleme zu reden begann.

„Ich habe vom Finger meines Vaters den Totenkopfring gezogen. Lange bevor Herzog Ernst und Adam Weishaupt nach ihm suchten.“

Adam Weishaupt, das war das Stichwort, welches die Träumereien des Tiroler Jägers abrupt unterbrachen. Erst danach sickerte der Rest von Isabellas Beichte in sein Gehirn. Nun war er hellwach. Ein größerer Glücksfall, als das eben gehörte konnte ihm nicht beschieden sein. Gott musste gewollt haben, dass er den Fürsten erschossen hatte, sonst würde er ihn nicht so reichlich belohnen.

„Komtess, wo haben sie den Ring. Er ist sehr wertvoll. Wir müssen ihn gut beschützen.“

Isabella war froh, nicht mehr die ganze Last allein tragen zu müssen und zog den kleinen Reisekorb unter ihrem Sitz hervor. Er glich mehr einer größeren Tasche und bewahrte normalerweise nur Isabellas Toilettenutensilien auf, die für jede Frau unentbehrlich sind. Man sollte kaum glauben, welche Mengen von Kämmen, Bürsten, Döschen, Scheren, Pfeilen und Pflästerchen ausgeräumt werden mussten, ehe die Komtess das rote Kästchen fand, in dem sie den Ring verstaut hatte.

Der gierige Blick des Jägers Anselm ließ die schlanken Finger der Komtess keinen Augenblick aus den Augen. Just in dem Moment, wo sich ihre Finger um das Kästchen schlossen, weiteten sich die Augen des Jägers zu ungläubigen, schwarzen Kohlen. Mit zitternden Fingern deutete er in den Korb der Komtess.
„Was bewahren sie da für ein Buch auf?"
Isabella wurde sichtlich verlegen. Sie konnte doch nicht einfach zugeben, dass sie dieses Buch dem Weishaupt gestohlen hatte. Sie entschloss sich zu einer Notlüge.
„Ich will dieses Buch meinem Bräutigam übergeben. Es ist Eigentum seines Bruders."
Isabella ging das Wort Bräutigam, ohne rot zu werden über die Lippen, als sei eine Hochzeit mit dem Hofrat schon längst eine beschlossene Sache. Doch Anselm verschwendete darauf keinen Gedanken. Er grübelte bereits jetzt, wie er Ring und Buch an sich bringen könnte. Ihm war klar welch wertvoller Schatz ihm hier offeriert wurde. In Dankbarkeit schlug er dreimal das Kreuz vor seiner Brust.

* * *

Ich, Tobias von Wenzel, wechselte in der Poststation Grunewald zum letzten Mal mein Pferd. Ich konnte mich kaum noch auf das frische Pferd schwingen, so sehr war ich am Ende. Meine Beine zitterten, ich war tot müde und dort wo einst mein Gesäß gewesen sein musste, blubberte eine formlose, gallertartige Masse. Trotzdem biss ich die Zähne zusammen. Ich musste unbedingt zu Cothenius.

Laut hallten die trommelnden Hufe meines Pferdes durch den in dieser Zeit menschenleeren Tierpark Berlins. Links des großen Weges blinkte im Licht des blanken Mondes der Neue See. Wie in Trance zog der Gedanke, hinter den Rousseau Inseln musst du auf den Ahornsteig wechseln, durch meinen Kopf. Dann noch ein Stück Unter den Linden entlang, in die Charlottenstraße einbiegen, links in die Jägerstraße und mein Ziel, die Kaserne des Garderegiments Gens d´Armes lag vor mir. Ich war am Ende. Ein Non-Stop-Ritt von Reinhardsbrunn nach Berlin, nur kurze Rast bei jedem Pferdewechsel war auch für einen Husarenleutnant des 1. Leib-Husaren-Regimentes seiner Majestät zu viel. Fast geräuschlos rutschte ich direkt vor der Schilderwache aus dem Sattel, und lautlose stille Nacht senkte sich über meinen Geist.

Ich wusste nicht, wie lange ich geschlafen hatte. Inzwischen schien die Frühlingssonne durch ein hohes Fenster in den weiß getünchten Raum. Man hatte mich entkleidet und in ein Bett gelegt. Ich konnte meine Uniform sehen, fein säuberlich zu einem Päckchen gestapelt, auf einem Schemel. Der Dolman hing direkt daneben auf einem stummen Diener, davor blitz blank geputzt meine Stiefel. Vorsichtig begann ich mich zu bewegen. Zuerst die Beine, dann die Arme, aber alles war in Ordnung. Ich hatte keine Blessuren. Langsam kam die Erinnerung an die letzte Nacht zurück. Ich wollte mich aufrichten, da ertönte eine Stimme, die ich im Traum schon viele Male gehört hatte.

„Herr Leutnant sollte noch liegen bleiben. Ich werde Herrn Generalfeldstabsarzt Cothenius sofort informieren, dass sie aufgewacht sind.“

Ich drehte mich zu der süßen Stimme herum. Da stand sie, meine rothaarige Hexe Zita, in einem langen, grauen, schmalen, hochgeschlossenen Kleid. Am Halsbündchen eine talergroße Brosche mit dem Hermesstab barmherziger Schwestern. Eine weiße Haube konnte die lockigen roten Haare kaum bändigen und die eisblauen Augen durchbohrten die Meinen, so dass mir eine Gänsehaut nach der Anderen über den Körper lief. Mich ritt der Teufel.

„Liebste Zita, willst du mich nicht mit einem Küsschen begrüßen?“

„Wie ich sehe, geht es Ihm wieder gut!“

Diese laute röhrende Stimme kannte ich auch. Das war der Mann, der mich in den Winter geschickt hatte. Andreas Cothenius kam nicht allein. Bei ihm war ein Mann mit einem Dreispitz über einem recht fleischigen Gesicht. Mir war der Mann sofort unsympathisch. Wie ich sehen konnte, ging es auch meiner barmherzigen Schwester genauso. Sie stand hinter ihm und schüttelte den Kopf.

Das unangenehme Gefühl verstärkte sich noch, als Cothenius seinen Begleiter vorstellte.

„Das ist Medicus Wilhelm von Zinnendorf. Ein hervorragender Militärarzt. Ich selbst habe ihn nach Berlin geholt. Du bist diese Nacht vor unserer Kaserne bewusstlos vom Pferd gefallen. Er war der Erste, der dich versorgt hatte. Er hat mir versichert, dass du nicht krank bist, sondern nur total erschöpft. Kannst du mir erklären, warum du wie der Teufel geritten bist?“

Ich räusperte mich und begann mich im Bett aufzurichten, da stand schon meine Zita neben mir, legte ihren Arm um meine Schulter und stopfte ein Kissen in meinen Rücken. Ich roch ihre Haut. Sie duftete verführerisch wie stets, wenn sie in meiner Nähe war.

„Wo bin ich hier eigentlich?“

Cothenius antwortete mir.

„Er ist im Regimentskrankenhaus der Gens d´Armes. Unser Kürassierregiment verfügt über ein eigens Krankenhaus. Aber ich denke, er muss nicht länger hier im Bett seiner Faulheit Vorschub leisten. Zieh er sich an und folge uns! Wir haben mit ihm zu reden.“

Es wurde eine lange Unterredung, in der Cothenius schockiert über das grausame Ende seines Freundes und dessen Sohnes war und Zinnendorf mehr an dessen Hinterlassenschaft. Er zeigte sich maßlos enttäuscht, als ich ihm dazu keine konkreten Auskünfte geben konnte. Seine Laune besserte sich erst, als ich die Vermutung aussprach, dass die Komtess und der Mordschütze auf dem Weg nach Berlin sein könnten.

Seit zwei Tagen wachte an allen westlichen Straßen von Berlin Posten des Regiments Gensdarmes. Cothenius persönlich hatte die Befehle dazu gegeben. Denn einen Regimentschef hatten die Gens d´Armes noch nicht wieder. Nach dem Tod ihres alten Chefs Friedrich von Bredow am 28. Januar 1780 herrschte noch allgemeine Trauerstimmung. Da waren die Offiziere und Soldaten für jede Abwechslung dankbar.

Endlich wurde die Kutsche der Komtess gesichtet. Von nun an bewegte sich Isabellas Reisegefährt keinen Meter ohne beobachtet zu werden. Allerdings wurde das Erstaunen immer größer, als Isabellas Reisekutsche in den Hof des Barockpalais Unter den Linden Nr. 7 einfuhr. Generalfeldstabsarzt Cothenius erfuhr diese Nachricht während seiner Visite im Regimentskrankenhaus.

„Verdammt! Was will das Weib bei der Prinzessin Amalia?"

Wilhelm von Zinnendorf verfügte wohl über die besten Informationen. „Isabella von Fondi und Amalia von Preußen kennen sich aus Quedlinburg. Bei einer ihren zahlreichen Besuche im dortigen Damenstift, dem die Prinzessin bekanntlicherweise als Äbtissin vorsteht, wird sie die Fondi in ihr Berliner Domizil eingeladen haben. Außerdem kommt noch dazu, dass Isabella den Hofrat Colloredo heiraten will und im Hause der Prinzessin Amalie sind die Österreicher immer gern gesehene Gäste. Gehen wir doch davon aus, dass es im Palais der Prinzessin zu einem Treffen kommen könnte."

„Wenn ihre Vermutung stimmt, mein Lieber Zinnendorf, dann müsste der Hofrat nach Berlin unterwegs oder bereits da sein. Woher erfahren wir, dass ihre Vermutung zutreffend sein könnte?"

Der Militärarzt antwortete nur mit vier Wörtern.

„Ziethen! Schickt den Wenzel!"

Man hatte wohl eine Lawine los getreten. Denn Tobias von Wenzel war vor nicht mal einer Stunde aufgebrochen, da stürmte der alte, einundachtzigjährige Husarengeneral in den Stab des Hauptquartiers.

„Cothenius ist er des Teufels, mir erst nach einer Woche über die Vorgänge in Reinhardsbrunn zu berichten. Will er uns in einen Krieg mit Österreich treiben. Obwohl, der kommt so und so. Verstehe nicht, warum wir uns nicht leiden können! Egal, wenn Fondi, Herzog Ernst von Sachsen-Gotha-Altenburg, dieser bayrische Philosoph Weishaupt und der Salzburger Bischof in diese Angelegenheit verwickelt sind, dann stinkt es zum Himmel. Nun soll ich diesen Geheimbundfurzern auch noch einen Gefallen tun! Cothenius, kann er mir sagen, warum wir den von Wenzel nach Reinhardsbrunn geschickt haben? Wenzel! Jetzt berichte er noch einmal der Reihe nach. Aber ganz von vorn."

Der Abend war herein gebrochen, die Fenster des Stabes standen weit offen und die laue Frühlingsluft kämpfte gegen die dicken Tabakschwaden der ellenlangen Pfeifen der Offiziere. Wilhelm von Zinnendorf musste das Stabsbüro, auf Befehl von Ziethen, schon gleich nach dem ich meinen Berichte begonnen hatte, verlassen. Ziethen brummte ihm hinter her: „Der will auch nur seinem Ordenskapitel zu mehr Macht verhelfen."

Die Beratung der Offiziere zog sich hin. Im Osten begannen sich schon rote und gelbe Streifen am Himmel zu zeigen, da schien der greise Soldatenführer zu neuem Leben erwacht.

„Wenzel, er begibt sich sofort in das Palais der Prinzessin. Ich gebe Ihm ein Schreiben für ihre Hoheit mit. Er wird sie dort antreffen. Sie weilt seit einigen Tagen in Berlin. Er wird dem Hofrat und der Komtess die herzlichsten Glückwünsche zur Verlobung aussprechen. Sie nehmen sich die Dame beiseite und erzählen ihr vom bedauerlichen Unfall ihres Bruders im Tauwasser der Lauchaer Bäche."

„Pardon Herr General! Es war aber kein Unfall. Fürst Josef wurde erschossen."

Ich war echt schockiert.

„Er soll mir zu hören und nicht albern herumquatschen. Also er wird die Komtess über den Unfalltod ihres Bruders informieren und ihr unser Beileid aussprechen. Dann sorgt er dafür, dass dieser Anselm dingfest gemacht wird und vor allem mit niemanden, ich sage niemanden reden kann. Wir haben hier gute Keller. Ich weiß nicht, wie lange man darin Leben kann, aber raus kommen darf er auf keinen Fall wieder. Es gab keine Mordanschläge auf die Fürsten von Fondi.“

15. KAPITEL

Mors et Vita

Anno 1783

Unsere Kutsche rollte schon etliche Stunden am Rande der dichten Wälder der Hainleite entlang nach Norden. Bald würden wir in die Laubwälder des Märchenwaldes eintauchen und dann ist es nicht mehr weit bis zur Wöbelsburg. Wir kamen aus Weimar, wo ein großer Dichter seit mehreren Jahren als Minister gegen die Korruption und Engstirnigkeit des Landadels kämpfte. Sie werden mich fragen, was hat das alles mit meinen Erlebnissen in Reinhardsbrunn zu tun. Da muss ich sagen sehr, sehr viel.

Drei Jahre waren seit den Ereignissen im Schloss Reinhardsbrunn vergangen. Ich saß wieder einmal in einer Kutsche, doch dieses Mal war es keine Postkutsche, sondern meine eigene. Ich war nicht allein. Mir gegenüber saß eine junge Frau. Sie hatte volle rote Haare, die in neckischen Löckchen ohne gehindert zu werden bis weit über die Schultern fielen. Ihre Beine streiften auch jetzt meine Waden und die eisblauen Augen sahen glücklich und zufrieden aus. Aber sie las kein Buch, wie damals, sondern schaukelte im Arm ein fröhlich glucksendes, zweijähriges Mädchen mit erstaunlich dichten lockigen roten Haaren, meine Tochter Fredericke.

Ich trug auch keinen Uniformrock mehr. Darüber war ich überhaupt nicht traurig, denn mein Weg, war die Rückkehr in meine alte Heimat. Ich und meine kleine Familie würden hoch oben, am Rande der Hainleite hinunter in das Tal der Wipper schauen, wenn die Tagesarbeit geschafft war. Das mir dieses Glück geschenkt wurde, hatte ich zum einen Teil dem Obersten von Bila zu verdanken, der mir sein Gutshaus Wöbelsburg als Verwalter anvertraute. Zum anderen meiner hartnäckigen Suche nach

meiner Zita. Kurz nachdem ich Anselm aus den Büchern der Geschichte gestrichen hatte bekam ich eine Einladung in das Barockpalais der Prinzessin Amalia. Ich war nicht der einzige Offizier, der für diese kleine Abendsoiree eine Einladung erhalten hatte. Wir männlichen Gäste hatten alle eines gemeinsam, wir waren ledig.
Die weiblichen Gäste der Prinzessin waren das auch. Sie hatte sie aus der fernen alten Kaiserstadt Quedlinburg mitgebracht. Dort war die Prinzessin Äbtissin eines Damenstiftes, in dem junge Mädchen aus guten Familien zu selbstbewussten Persönlichkeiten erzogen wurden. Ich erkannte meine Zita sofort unter den jungen Damen und steuerte ohne Kursänderung sofort auf die Dame meines Herzens zu. Ihr Blick lotste mich dabei wie ein Leuchtfeuer an die richtige Anlegestelle. Wir blieben nicht lange beim Vorspiel, wir kannten uns ja auch schon eine ganze Weile. Deshalb verging auch nicht viel Zeit, bis wir gemeinsam vor dem Traualtar standen. Das lag sicher auch daran, weil Fredericke sich zu uns gesellen wollte. Alles war gut. Nur auf meiner Heiratsurkunde unter meinem Namen stand nicht Zita, sondern Gertrud geborene von Wöbelsburg. So befand ich mich nicht allein auf der Heimreise, sondern meine komplette eigene Familie. Bis wir allerdings diese unsere Reise antreten konnten mussten noch einige unangenehmen Dinge erledigt werden.

* * *

Der Plan des Husarengenerals von Ziethen ist nicht so aufgegangen, wie er es sich gewünscht hatte. Zwar hat niemand den Unfalltod des Fürsten Josef angezweifelt, aber Herzog Ernst wollte den Giftmord an seinem Freund Heinrich von Fondi gesühnt wissen. So kam es fast ein Jahr danach in der Residenzhauptstadt seines Herzogtums auf dem Marktplatz unterhalb des Schlosses Friedensstein zum Prozess gegen die ehemalige Nonne Elisabeth. Ich hatte das zweifelhafte Vergnügen, als frisch ge-

backener Ehemann diesem Prozess als Zeuge beizuwohnen. Ein Glück, meine Zita, verdammt ich nenne sie immer noch so, wie in meinen Träumen, war damals schon mit unserer Fredericke schwanger und musste in Berlin bleiben. Wissen sie was komisch ist. Wenn mir der Name Zita raus rutscht, und das passiert oft, dann bekommt meine Gertrud eine geheimnisvolles Lächeln. Ob sie vielleicht doch eine Hexe ist?
Ich schweife ab, zurück zum Prozess. Er wurde geführt gegen Elisabeth von Regal. Es heißt, der Bischof aus Erfurt selbst, sei beim Herzog vorstellig geworden, damit mit keinem einzigen Wort an ihre christliche Vergangenheit erinnert würde. Elisabeth erschien vor dem Tribunal im weißen Kleid, züchtig hochgeschlossen. Sie hatte sich in dieser kurzen Zeit sehr verändert. Ihre Haare waren weiß geworden und im Nacken zu einem Knoten geschlungen. Ihr Antlitz strahlte überirdisch schön. Dabei war diese Frau nie richtig schön gewesen.
Als durch das Tribunal ihr Urteil, Tod durch das Schwert, verkündet wurde, ertrug sie es teilnahmslos. Sehr zum Leidwesen hunderter enttäuschter Gothaer, warf sie sich weder um Gnade bittend vor die Füsse des Herzogs, noch breitete sich Angst und Schrecken in ihrem Gesicht aus. Gleich einer Königin schritt sie das Podest hinunter, welches man eigens für diesen Prozess errichtet hatte. Mit einem dumpfen Hall schloss sich hinter ihr die Tür, die zu ihrem Kerker führte.

Ich erhielt von Herzog Ernst die Erlaubnis mit Elisabeth zu sprechen. Es war bereits die zehnte Abendstunde, als ich die vielen Treppen hinunter in den Kerker stieg. Hier unten rochen die Wände muffig und an mehreren Stellen trat Sickerwasser aus dem Mauerwerk. Es wehte kein Lüftchen. Im Abstand von zehn Schritten spendete eine brennende Fackel Licht. Ich hatte den Eindruck, dass der Kerkermeister, der mit mir herunter stieg, sich auch in völliger Finsternis mit Leichtigkeit bewegen konnte. Dann standen wir vor einer dicken Bohlentür. Der Schlüssel, den er in das Schloss steckte, war so lang, wie meine gesamte Hand. Dabei

murmelte er in seinen Bart: „Wenn sie wieder raus wollen, dann klopfen sie an die Tür.“
Da fiel die Kerkertür hinter mir zu. Auch in Elisabeths Kerker brannte eine Fackel. Ein Luxus, so hatte mir der Kerkermeister versichert, dem nur wenigen Gefangenen gewährt wurde. Elisabeth trug das weiße Kleid nicht mehr. Sie lag auf der Pritsche, in eine rote schulterfreie Robe gehüllt. Ich meinte diese Robe einmal an der Komtess Isabella gesehen zu haben, aber die wohnte seit langem in Wien. Es musste also ein anderes Kleidungsstück sein. Noch immer hatte ihr Gesicht den überirdischen bleichen Glanz und ihre Augen hefteten sich neugierig auf mich.
„Was wollen sie von mir?“
„Ich suche nach dem Grund für ihre Tat. Davon war in keiner einzigen Verhandlung die Rede. Ich möchte wissen, warum sie ihren Schwiegervater vergiftet haben.“ Höhnisch sah sie mich an.
„Welchen Schwiegervater? Ich hatte Keinen, oder haben Sie im Verlauf des Prozesses ein Wort davon gehört, dass ich jemals mit einem Fondi oder gar mit Gott verheiratet war? Ich bin eine Giftmischerin, sonst nichts.“
Elisabeth drehte sich demonstrativ zur Wand. Ich war mir sicher, von ihr würde ich kein einziges Wort mehr hören. Enttäuscht wandte ich mich der Kerkertür zu, um zu gehen. Gerade als ich meine Hand ausstreckte um zu klopfen, sprach mich Elisabeth an.
„Warten Sie! Ich war keine gute Frau auf dieser Welt. Ich wollte nie einen Ehemann. Ich wollte Zeit meines Lebens in ein Kloster eintreten. Das haben mir meine Eltern verweigert. Ihr Geld sollte ihnen den Weg zu den Herrschenden dieser Welt ebnen und ich sollte der Weg sein. Viel zu spät habe ich begriffen, dass auch Josef nur ein Weg war. Nun wird es vielleicht so sein, dass sich unsere Wege bei Gott treffen. Ich habe mir vorgenommen ihm dort eine gute Weggefährtin zu werden.“
Es waren die letzten Laute die aus Elisabeths Mund erklangen. Bis zu

Ihrer Hinrichtung sprach sie nie wieder ein einziges Wort.

* * *

Noch einmal würde ich den Weg nach Gotha antreten müssen. Zwei Jahre später. So lange musste Elisabeth in ihrem Kerker auf ihre Hinrichtung warten. Nur ich wusste, dass es für sie keine Zeit der Hoffnung auf Gnade war, sondern ein Martyrium der Vollendung ihres Willens. In Gotha gab es keinen Scharfrichter mehr. Deshalb hatte sich Herzog Ernst an den Weimarer Minister Goethe gewandt. Weimar hatte noch einen Scharfrichter, Wittrich mit Namen. Aber Wittrich wollte nicht nach Gotha kommen. Wittrich sah sich als Künstler und sein Publikum war der Weimarer Plebs. Goethe sah sich außerstande das Anliegen des Gothaer Herzogs zu ignorieren. Aber er wollte gerecht sein. Deshalb berief er die Immediatenkommission ein. Viele Wochen prüften die Herren unter dem Vorsitz ihres Ministers die Haftgründe der Elisabeth, wälzten das Urteil des Prozesstribunals hin und her. Einmal sogar fuhren sie nach Gotha, um mit der Delinquentin zu sprechen. Erfolglos. So kam es, dass die lebende Elisabeth ihre letzte Reise im Spätsommer des Jahres 1783 nach Weimar antrat. Auf einem mit Stroh bestreuten Schinderkarren wurde die Verurteilte verladen. Damit für alle, die an den Rändern der Straße auf dem weiten Weg nach Weimar, sehen konnten, dass eine gefährliche Verbrecherin überführt wurde, hatte man ihr ein Brettergerüst um den Hals gelegt. Elisabeth hatte keine Möglichkeit sich auch nur für eine kurze Wegstrecke zu setzen. Ihr zur Erbauung und zum Trost begleiteten sie zwei Mönche des Augustinerklosters.
Auch ich gehörte zu dem Geleitzug. Mein letztes Kommando als Husar sollte dem Schutz Elisabeths vor Übergriffen des Volkes dienen. Die Eskadron begleitete den Schinderkarren in einer langen Reihe rechts und links des Fahrzeuges. Am wohlsten fühlte sich sicherlich der Kutscher

dieses Gefährtes. In seinem Leben würde ihm niemals wieder eine solche Aufmerksamkeit sicher sein.
Vor den Toren der Stadt Weimar wartete Wittrich mit seinen Helfern und über tausend Schaulustige auf das Spektakel. Nur ein einziges Mal erlaubte mir Elisabeth ihr eine Hilfestellung zu geben, als ich sie vom Karren heben durfte. Dann schritt sie, einer Königin gleich zum Richtblock legte ihr Haupt auf den Block und wartete auf die Schneide des Schwertes. Wittrich kostete seine Macht weidlich aus. Ganz langsam hob er sein Schwert und hielt es sekundenlang still in die Höhe. Atemlose Stille senkte sich über dem Richtplatz vor dem Stadttor der Stadt Weimar. Dann ein Aufschrei aus tausenden Kehlen. Das Schwert hatte sich gesenkt. Der Kopf Elisabeths war in den bereitstehenden Korb gefallen. Beifall heischend kreuzte der Scharfrichter seine Hände vor der Brust, das blutige Schwert auf seinen muskulösen Unterarmen balancierend.

Noch während sich die Masse der Schaulustigen zerstreute und hunderte die nahen Schenken stürmten, um über das schreckliche Spektakel zu debattieren, wurde Elisabeths Leichnam in eine Kiste verbracht und ein lustig vor sich hin pfeifender Fuhrmann beförderte seine Fracht in Richtung Jena. Dort würde Professor Loder im anatomischen Theater den Leichnam der Giftmörderin präparieren und ausstellen. Schließlich sollte er der Nachwelt als mahnendes Beispiel erhalten bleiben.

Es war die letzte Hinrichtung dieser Art in Weimar. Sie widersprach dem Ästhetikgefühl des Weimarer Ministers. Verbrechern sollte niemals Gnade gewährt werden, aber auf menschliche Würde im Tod hat jeder Anspruch.

* * *

Unmittelbar nach dieser Hinrichtung, übergab ich das Kommando über die Eskadron meinem Nachfolger, zog die Uniform aus und den Rock des Landmannes an. Am Rande des Richtfeldes wartete eine Kutsche aus der mich das fröhliche Quietschen eines kleinen Mädchens empfing. So hatte ich das, wozu ich eigentlich geboren wurde. Der Erde Leben zu schenken.

NACHWORT

Zwei Ereignisse trafen zusammen. Mein zweiter Roman „Maria Anna und die Schwarze Schar“ erschien im Oktober 2012 und das traurige Schicksal des Schlosses Reinhardsbrunn ging durch die Medien. Deshalb entschloss ich mich dieses Buch zu schreiben.
Mit den geschichtlichen Hintergründen, den Personen und den Orten war ich vertraut, also erfand ich eine Geschichte, in die meine kriminelle Erzählung hinein passen konnte. Mit anderen Worten, Sie werden in keiner Chronik oder Geschichtsbüchern etwas finden, das die Vermutung nahe legt, ich hätte einen tatsächlichen Fall geschildert.
Lassen Sie mich Ihnen trotzdem einige meiner Gedanken mitteilen.
Ich finde es schlimm, wenn wir unsere Geschichte vergessen. Verfallene Schlösser sind nur der Anfang und ein Symptom für versinkendes kulturelles Erbe.
Immer sind es eigentlich Menschen die hier versagen. Aber es gibt auch immer wieder Männer und Frauen, die ihr Herz und ihren Verstand benutzen um Zustände zu verändern. In der Zeit, als mein Roman spielt, kommt dem Illuminatenorden durchaus eine solche Bedeutung zu. Deshalb wurden seine Mitglieder, vor allem durch die Jesuiten verfolgt. Warum sich Gerüchte halten, dass dieser Orden ausgerechnet in Thüringen Bestand haben sollte, dafür habe ich keine Beweise gefunden oder finden wollen.
Ein letztes Wort zu Zita. Träumen wir Männer nicht immer von einer bestimmten Frau, mit der wir unser Leben teilen wollen. Dabei ist es uninteressant, ob sie Polin, Tschechin, Sächsin, Anhaltinerin oder Thüringerin ist. Wir selbst sind es, die solche Unterschiede schaffen, sogar beim Thüringer Krimipreis musst du ein konsequentes Kommunalcolorit in die Waagschale werfen, um beteiligt zu sein. Ich muss nicht träumen. Ich nenne eine Hexe aus Sachsen-Anhalt mein Eigen. Sie ist meine erste Lektorin und Mutter von drei hervorragenden Söhnen.

GLOSSAR

Aser: süddeutsche Jägersprache, Jagdtasche des Jägers

Delinquent: Straftäter

Dolman: Uniformjacke der Husaren

Fondi: Provinzstaat ca. 120 km nordwestlich von Neapel

Gens d´Armes: auch Gensdarmes, exklusives preußisches Kürassierregiment, gegr. 1691 bei Halberstadt, von 1736-1782 am heutigen Gendarmenmarkt in Berlin stationiert

Harpyie: 5 Töchter des Meerestitanen Thaumas und seines Weibes Elektra, hässliche dämonsche Frauen mit Vogelflügeln und Krallefüßen

Hermesstab: medizinisches Symbol, Stab mit zwei Flügeln umschlungen von zwei zueinander gewanten Schlangen

Illuminatenorden: „Die Erleuchteten" wurde vom Philosophen Adam Weishaupt am 01. Mai 1776 gegründet, das Symbol des Ordens ist die Eule der Minerva Illuminatus maior Rang im Orden, höherer Erleuchteter

Immediatkommission: Kommission zur Überprüfung von Haftgrüden und Anfertigungen zu Gutachten über Täter

Indissolubilis (lat.): unauflöslich

Initianden: neue Mitglieder, die in den Orden eingeführt werden

Komplet: Nachtgebet, mit ihm wird der Tag beendet

Krain: Region in Slowenien, Hauptstadt Ljubljana

Landauer: viersitzige Kutsche mit klappbaren Verdeck,bei schönem Wetter offen, bei schlechtem Wetter geschlossen benutzt

Mors et Vita (lat.): Tod und Leben

nom de guerre (lat.): geheimer Ordensname des Mitglieds

Vehemenz: Ungestüm, Schwung

Zweibalkenkreuz: beide Querbalken sind gleich lang und gleich weit von den Enden des senkrechten Balkens entfernt, alle sechs Enden sind spitz zugeschnitten, die Bedeutung des Symbols: jemand matt setzen

Vanitas vanitatum (lat.): alles ist vergänglich

QUELLEN

Titelbild:
genehmigte Montage (Model: Aniko Dahlke,
Fotograf: Klaus-Dieter Lehmann, Cottbus)

Schloss Reinhardsbrunn:
„Abbildungen und Beschreibungen des Sehenswertesten und Merkwürdigsten der Natur und Kunst auf der ganzen Welt“ 5. Band, Druck und Verlag Bibliographisches Institut, Hildburghausen.

Definition der 3 Weltzeitalter:
von dem Geschichtsphilosophen Joachim von Fiore

Adam Weishaupt (Werke)
„Vollständige Geschichte der Verfolgung der Illuminaten in Bayern (1785) und aus seiner Rede an die neu aufzunehmenden Illuminatos dirigentes

Matthias Wenzel:
Dokumentation zur Geschichte des Friedhofs II Gotha

MZ-Bürger Reporter – Mitteldeutsche Zeitung web.
Rammelburg – Das verwunschene Schloss im Wippertal